遇见你是所有美好的开始

这么远那么近 + 两色风景 + 小岩井 + 小新 + 小北 等 著

北方文艺出版社

图书在版编目（CIP）数据

遇见你，是所有美好的开始 / 这么远那么近等著 . -- 哈尔滨：北方文艺出版社，2016.12

ISBN 978-7-5317-3719-3

Ⅰ．①遇⋯ Ⅱ．①这⋯ Ⅲ．①故事 – 作品集 – 中国 – 当代 Ⅳ．① I247.81

中国版本图书馆 CIP 数据核字（2016）第 251731 号

遇见你，是所有美好的开始
YUJIANNI SHI SUOYOU MEIHAO DE KAISHI

作　者 / 这么远那么近，小岩井，小新，小北等

责任编辑 / 王金秋　赵　芳

出版发行 / 北方文艺出版社　　　　　网　址 / www.bfwy.com
邮　编 / 150080　　　　　　　　　　经　销 / 新华书店
地　址 / 黑龙江现代文化艺术产业园D栋526室

印　刷 / 三河市南阳印刷有限公司　　开　本 / 787×1092　1/16
字　数 / 200 千　　　　　　　　　　印　张 / 14.75
版　次 / 2016 年 12 月第 1 版　　　　印　次 / 2016 年 12 月第 1 次印刷
书　号 / ISBN 978-7-5317-3719-3　　 定　价 / 36.00 元

目录

因为遇见你,我愿意变成更好的自己 /午歌　001

爱是不能回头的流浪 /代琮　009

不同向的风 /这么远那么近　025

日本情人 /李七毛　039

青春,它好像一场电影 /绒绒　059

天要多黑，才会有你的体温　/小新　071

最怕不是颠沛流离，而是不能与你在一起　/小北　087

此生此世我来陪你，好不好　/韦娜　099

当知道自己要去哪里　/点子　105

我依然选择不疑真心，我依然选择全力以赴　/小岩井　113

友尽往事　/两色风景　121

半情歌 / 欧阳小槿　131

流光容易把人抛 / 慕嘉懿　141

那年我用尽力气，只为错过你 / 梁小明　159

初恋，乱了流年 / 郭小发　167

你，还回来吗 / 郭小发　179

时光倒影里的少年 / 飞与飞鱼　197

浮华梦 / 玖夜　207

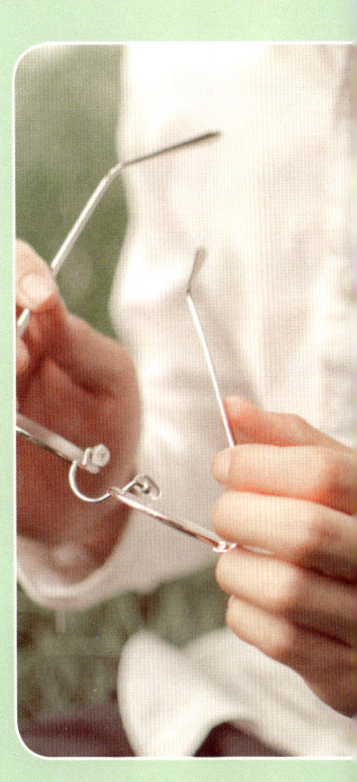

▼▼▼▼▼

"山川载不动太多悲哀,岁月经不起太长的等待……"

▲▲▲▲▲

因为遇见你，
我愿意变成更好的自己

文 / 午歌

"当初写作的时候，为什么会起笔名叫午歌？"

电台的麦克风前，沈盈浅笑着将问题抛给我。

"我，我……"声音在我的喉管中震颤着——这是我来电台做分享时，最常被问到的一个问题，可是在面对沈盈的那一天，我却始终说不出话来。

沈盈是我的高中同学，在我们市一中，她的成绩一直名列前茅。高中时的她算不上漂亮，一张大月亮脸上，总是挂着娃娃般肉嘟嘟的笑意，和那个年代所有的女学霸一样，她留着一个标准的"刘胡兰"头，上课时一看到老师的眼睛，便全神贯注，跟着老师的节奏走。

沈盈一下课，常溜到后排和我们这些大个男生混在一起——读金庸、

看古龙。我那时正处在青春敏感期，叛逆得很厉害，家里不允许我学文科，我便坐在理科班的最后一排，埋在一大堆武侠小说里过日子，上课时看书，看累了就干脆在码堆的江湖里睡一阵。那时班里男生传看的武侠小说，差不多都是从我手上流出去的。沈盈一下课就坐过来，后排的男生"呼啦"一下把她围在中央，众星拱月一般，争着跟她分享江湖故事。

沈盈偶尔也会借一本回去看，远远地说声"嗨"，向我挥手示意，我用眼皮的微微颤动向她回应，随即折回梦境。只是有一次，沈盈匆匆来还书，将一卷《天龙八部》按在我的桌上，眼圈红红的。

男生们围过来问："怎么啦，怎么啦？"

"阿朱死啦，乔峰也死啦。"沈盈说，"我不要再看下去啦！"

几个男生七嘴八舌地开始劝着，沈盈沉默地坐在中间。看到她粉嫩的脸庞上，挂着一抹恢恢的愁云，我实在不忍心，于是从桌子上爬起来，扯了一个凳子，坐过去，缓缓说：

"不用看啦，这不是金庸写的，那段时间金庸去国外出访啦，这几章是找梁羽生代笔的。"

"这是真的？"沈盈问。

"那当然！我在一本杂志上看来的。"

"那也许不是作者的原意呢？"

"是啊，金庸先生后来亲自修改了这几章，发在《明报》上做了连载和更正，想不想知道，我讲给你听？"

"嗯嗯嗯！"沈盈热情高涨地点头回应。

作为一名长期盘踞在后排，处于半冬眠状态的差生，头一次在班里女尖子生期待的眼神里找到了自信，我坚定地说："金庸先生的原著里，阿朱只是受了重伤，乔峰救治阿朱心切，便连夜带她离开，去东南亚一带寻找江湖上隐居多年的神医，那神医号称赛过朱丹溪，医术高明无比……"

整整一个课间，我像上了发条似的口沫横飞、侃侃而谈，细致地交代了阿朱和乔峰如何巧妙地避开江湖各路人马的追杀，化险为夷，直到得到了东南亚神医"赛丹溪"的救治，末了，我怕沈盈不相信，一边比画着一边补充说道：

"你看现在越南仍然有很多人姓'乔'，差不多都是乔峰的后人啦，越南现在的武功都是肘击、短拳，这都是乔峰当年传过去的招式啦！"

直到上课铃响起，沈盈才恋恋不舍地走回自己的座位上，她刚坐下来，便迅速转头望向我，一张大月亮脸上，升起了皎洁的微笑。

后来我发现我俩对此事都上了瘾，沈盈有事没事，就来找我聊聊江湖往事，我则在一个月的时间里，系统为沈盈解释了——张翠山和殷素素并没有自尽，而是双双隐居世外桃源，最终与张无忌团聚；杨过虽然断了一条胳膊，但后来吃了西域出产的元阳神草，终于又奇迹般地长出一条新胳膊；还有韦小宝，看起来很花心，但是种种迹象表明，他本质上是个深情的人……

"你可真厉害！"沈盈说。

有天夜里，晚自习下课，我和沈盈并肩推车走出校门，我终于圆满了金庸先生笔下故事里所有不完美的桥段，我长舒一口气，望向天空，夜空中缀着一轮圆月，像金大侠愤怒的眼睛！

街道上划过一丝清凉的风。沈盈下意识地缩了缩脖子，如同小鸟抖动着绒毛一般，她轻声说：

"下个月学校的文学社要搞征文比赛啦，你有兴趣跟我一起参加吗？"

"我?"

"试试看啦,我觉得你讲的故事很好玩。"

要知道一个差生得到一个女学霸的肯定,是多么荣耀的一件事!在那个四下静寂的夜里,我并没有多想,就一口答应下来。那个周末,我跑去新华书店,背了整摞的作文书回来,堆在自己的床头——为了避开同学们的注意,我并没有带一本书去学校,只是每晚回家之后,胡乱扒拉几口饭,就躺在自己的床上啃作文书。

一个月后,我在校广播站的广播里听到沈盈念了我的名字——小说组二等奖——虽然我无数次在校园广播里听到过她的声音,可是那一天,在她念到我的名字的时候,那种异样的清脆与悦耳,让我忽然体验到一种久违的怦然心动。

奖状是沈盈代我领来的——她是散文组的一等奖。为了表示对她的感谢,下了晚自习,我请她去校门口吃了羊肉串。沈盈边吃边说:

"你打算考哪个学校啊?"

"啊,我?暂时没想好——"

"我想考传媒大学的播音专业,学理科也不是我的爱好啦。"

"可是你的理科成绩这么好?"

"但是播音才是我的真爱,目前这个阶段,总要先把成绩搞好。"

这番话让一直自暴自弃的我无地自容,脸上一阵阵的火辣。吃完羊肉串,我和沈盈并肩走在学校的梧桐树下,沈盈轻声地哼唱起了《问情》这首老歌:

"山川载不动太多悲哀,岁月经不起太长的等待,春风最爱向风中摇摆,黄沙偏要将痴和怨掩埋……"

夜风掀起沈盈的短发，空气中弥漫着一股梧桐树花蜜的甘甜味道，就在那个瞬间，我觉得她肉嘟嘟的笑脸无比迷人。沈盈一步一跳地走在前面，毫无征兆地转过身跟我说：

"我觉得你很会讲故事，有没有想过以后去当一名作家？"

"作家？"我的心狂跳起来。

你的青春里，一定有这样的瞬间，它不惊险刺激，也算不上浪漫温馨，只是普通得再普通不过的微风、花香和短发姑娘，只是那个在不经意回头时的简单笑意，却深深地改变了你的人生轨迹；你的青春里一定也有这样的朋友，她可能是你的同学、远亲，或是萍水相逢的陌生人，你们的人生也许并无太多交集，只是偶然的一次交汇，却有着天光云影般的闪亮，深深地根植于你的记忆之中。因为遇见她，想到她，你也愿意努力成为更好的自己。

离高考还有大半年的时间，我开始发奋学习，戒掉了我曾经挚爱的武侠小说，没日没夜地在书山题海里跋涉向前，想到沈盈，想到世上还有这样优秀而可爱的姑娘，心中便充满了不倦的力量。

沈盈以高分考入中国传媒大学，我则刚刚上了本科线，只能在北京读一个很普通的本科。一年后，沈盈因为成绩优异，申请转专业，终于学了心仪已久的播音，而我的成绩平平，除了看书消磨时间，偶尔在报纸上发表一些短篇小说，人生并无太多趣事。有一次我终于鼓足勇气去找沈盈，在去她学校的路上，我还犹豫要不要买一束花送她，最后我买了一个话筒形状的水晶吊坠，揣在口袋里，嘴里轻快地哼着一句"山川载不动太多悲哀，岁月禁不起太长的等待"，漫步在她的校园中。

北京的秋天，天空明澈而高远，太阳像个玻璃片似的嵌在晴空之上，明晃晃地照得人心里直痒痒。沈盈和同学在阶梯教室里排练着一首诗朗诵，远远地看到我，她笑着跑了过来，那天她竟然化了淡妆，肉嘟嘟的婴儿肥已然消退，宇宙无敌美少女般的清朗扑面而来。我觉得心里美得有点不真实，傻傻地看着她，思索着怎样才能把路上精心淘来的小礼物拿给她。这时候，有个高大的男生从教室里跑出来，热络地跟我打了招呼，拍拍沈盈的肩头，随意却亲切地叫着她：

"小盈，让你的同学留下来，咱们一起吃晚饭吧。"

沈盈羞涩地点着头，匆忙问我愿不愿意留下来。我僵硬地挤出一点微笑，把那个话筒吊坠攥得紧紧的。沈盈陪我走向操场，我攒了好多感谢的话要说——我想说声"谢谢你，让我遇见你！"想说"因为有你，我也有了生命的目标，下决心做更好的自己"。我想说"今天的你，看上去好美丽！"可是我终究什么话也讲不出，我完全不是一个能把自己的故事讲好的人，我和沈盈像一对配合默契却沉默无言的卫星一样，一圈一圈在操场上环绕着。末了，她问我："你还在坚持写作吗？"

我像是抓住了救命稻草似的说："写，还在坚持写，当初要谢谢你……"

"你啊，想象力那么丰富，可以在这条路上走得很远啊！"

"为什么说是想象力丰富？"

"嘿嘿！"沈盈笑着说，"上高中那会儿你编的那些武侠故事，不都是你自己想象出来的吗？"

"编的？"我一时语塞，傻傻地问："你，你，你怎么知道我没看过金庸的修改稿？"

"乔峰救阿紫那段，那个神医，嘿嘿，赛过朱丹溪——朱丹溪是元代名医啦，乔峰是宋朝人，宋代人怎么能知道元代会出这样的一个名医……"

"我……"一瞬间，我被自己惨淡的史学储备，羞得说不出话来。

"不过你讲得很精彩，就算我知道你是编的，我也非常愿意听你胡编下去！"

我终于在那个夕阳染红天空的黄昏，逃离了沈盈的学校。我的脸也像那日的天空一样红热。此后，我和沈盈鲜有直接联系，我只是在同学口中听说她毕业后去了武汉，如愿在武汉广播电台做了一名主播。我则在毕业之后进了浙江的一家研究院，此后五年，陆陆续续地写了很多关于青春、爱情、梦想的小说，出版了多本小说集，我写的故事甚至还被翻拍成了电影，搬上了大荧幕。沈盈在电台做着一档分享故事、推荐图书的节目，无意间读到了一本署名"午歌"的作品，找出版社联系，才发现原来是自己的老同学。于是趁着我来武汉大学开分享会的档期，便约我来做她的节目嘉宾。

这也许就是造化弄人吧。沈盈和我的生命并无太多的交集，或许只是青春期里一个不期而遇的怦然心动，可正是因为她，我却愿意不断地鞭策自己，成为更好的人。她像是一面雪亮的镜子，一颗寒夜里的星辰，一次生命里云影交际的偶得，却足以让我平淡无奇的人生旅程，有了闪闪发光的回忆，却足以让我照见自己，找到方向，感念终身。

"为什么会叫午歌呢？大约是很多年前，我遇到过一个女孩，在我青春迷惘的少年时代，在一个普普通通的晚上，她给我唱过一首简单的歌，让我一生铭记。"我在电台里一字一句地说道。

"那么午歌是午夜之歌的意思吗？"沈盈淡淡问。

"嗯，有时候一首简单的歌，却足够让人终身快乐，希望大家喜欢我今晚的故事，我是午歌，是你午夜梦回时的一首小情歌。"

沈盈笑起来，那个干净而温和的笑容，让我想起很多年前的一个夜晚，她在梧桐树下轻轻地唱着："山川载不动太多悲哀，岁月经不起太长的等待……"

作者简介：午歌，机械高级工程师，青年作家，编剧。

"时间总是不由人,似乎所有的一切都是一夕之间发生的事。"

爱是不能回头的流浪

文 / 代琼

钥匙插门里准备开锁的时候,我正在考虑是自己凑合吃点还是转身下楼吃麦当劳。门还没打开,我还没思考出一个结果,就听见身边有轮子滚过水泥地的声音,那声音持续不久便在我身后停了下来。

一回头,就看见二乔巧笑嫣然地带着箱子出现了。

二乔是个外表软糯的姑娘,但内心却总是一副君临天下的样子。明明是个正经八百的苏州姑娘,雷厉风行的作风却又带了北方姑娘的飒爽。

而这一系列的反差萌,让我们朋友圈的一干汉子都万分觊觎。用胖子的话来说,女神二乔连甩个头发都像是可以燎原的星火。

当二乔坚持不懈地把我酒柜里的酒,排名不分先后地变成空瓶的时候,我才想起来,眼前这位这不仅仅是女神,还是个酒神。

二乔说,你知道王川爱喝酒吧,我就爱喝酒。

二乔说，你知道王川爱旅游吧，我就走过每个他去过的地方。

二乔说，你知道王川不爱我吧，可我就是爱他。

二乔说，可是我累了。

1

我最早认识二乔是在大学的操场上，我看着她的男神牵着我的女神一圈一圈地在校园里走，她看着我的女神窝在她的男神臂弯里笑得甜蜜，我们两个坐在看台上咬牙切齿的可怜人，却从彼此同仇敌忾的目光里读出了某种惺惺相惜。

但不要想多了，我才不是二乔故事里的男主角。

虽然我放荡不羁爱自由，感情没戏就翻篇，但是二乔这姑娘在这方面却是跟我完全不同，她对待感情绝对是个执着的人，尤其是在追王川这件事情上。

我曾经问过二乔，她到底怎么就看上那哥们了，身材虽然还算挺拔，可怎么看都是一张面瘫脸。

二乔对于我的话很是不屑，顺便还鄙视了我作为一个直男的审美。

她说："我们家王川，横看竖看都是帅到无边界，每次男友力爆发，分分钟就融化少女心，你一男人，这些你是不会懂的。"

"那要不，你给我讲讲，你这沉迷的过程？"

"说出来，估计你都会爱上他的。"

"……"

2008 年的时候二乔还是个笑起来眼睛弯弯的，说起话来声音糯糯的姑娘，少几分豪爽，多几分娇柔。他们的初次接触，简直是八点档电视剧最老套的桥段，涉世未深的大胆姑娘在夜店被人调戏，少年怒发冲冠为红颜。

暴力总会让浪漫忽然清晰起来，俗是俗了点儿，却最容易直击人心。

好吧，虽然我没能像二乔说的那样爱上男主角，但是不得不说这王川不愧是泡妞高手啊。

"夜店的那晚，我们俩手牵手不顾一切往前跑的时候，我就知道我的爱情来了，我的人生另一半就是他，这肯定是没跑了。"二乔一本正经地看着我，我看的却是被她因为兴奋而捏扁了的易拉罐。

"然后，你就任人鱼肉了？"我想了想，接话道。

"爱情就是这么简单又直接。"二乔赐了我一个圆润的白眼，此刻我只能抬头望天。

天空很蓝，阳光也很耀眼，想想那些简单直接的爱情，似乎总有一方少了些深情。

洪水开了闸，再关上就有点难，从那次被英雄救美之后，二乔便开始每天重复地说着她的沦陷，嘴角还带着傻呵呵的笑，让我们一干众人都想给她跳个大神，看看她是不是入了魔。

但是，这对于她来说，充其量也就算个开始。

王川的课程表她背得比自己的还熟。

王川每日必经的路线，她每天也必须准点地来回走几趟，直到"恰巧"邂逅他。

王川爱吃的菜、喜欢的颜色、喜欢的游戏、讨厌的科目等等，她比王川他妈知道的都清楚。

五行八卦塔罗牌，星象星座水晶球，她是宁可错杀一千也不放过一个的。

王川对她笑一笑，她能兴奋一整天，跟她说句话，她一个体育不及格的能去操场上跑五圈。

我看着她这走火入魔的样子既好笑又心疼，追她的人明明都可以绕操场几圈，她却对那些追求者不屑一顾，而是一腔热血地去追王川。

对于她这种二愣子行为，我很直接地骂她傻，她却告诉我，好的人再多，不是她想要的有什么用。

这个夏天似乎并不平静，二乔做了史上最轰动的决定。

临期末考的前两天，二乔把我从自习室里拽出来，说要告诉我一个惊天地泣鬼神的消息，我正琢磨着她是不是准备把王川直接绑回宿舍，她就告诉了我一个意料之中的结果。

"我准备把王川纳为己有，速战速决，事不宜迟现在就出手。"

"你是要哥们帮你把他直接绑了，然后任你宰割？"

"粗俗……浪漫懂吗？"

"……"

于是，接下来的浪漫，就是我们一堆人分吃着一堆不知道什么时候才能吃完的桶装冰激凌，看着二乔一袭樱桃红长裙坐在广场中央，数着被吃光的大桶冰激凌盒子，打电话给王川。

"你再不来我就变成有史以来死得最悲壮的姑娘了,大夏天被冰激凌冷死。"

"什么意思?为什么?"王川有些疑惑地问。

"你来找我不就知道了。"

我还在惊叹,原来二乔还有这么温柔的声线,却又被她再次震慑。

"快快快!主角要来了!"

"……赶紧地,变化啊。"

挂了电话的二乔,把我们这群帮凶吃的冰激凌盒子高高地摞在一起,顺带整理了她那几乎拖地的长裙。

来得早不如来得巧,匆匆赶到广场的的王川,看见了巧笑倩兮的二乔,面露无奈地去牵她的手,却惊愕于二乔身后那忽然绽放的烟花。

明眸皓齿的姑娘,在绚烂的烟花下朱唇轻启:"现在就告诉你为什么,因为我爱你啊。"

两个人在一片绚丽中拥吻,而我们一群放烟花的汉子,打了鸡血一样跟着起哄,眼巴巴地看着王川拥吻姑娘在怀。

烟花下,我怎么仿佛看见了两只预谋已久的狐狸结成了同盟。

3

时间总是不由人,似乎所有的一切都是一夕之间发生的事。

就像一夕之间二乔成功俘获王川,一夕之间我们就对他们两个人之间腻腻歪歪的情节见怪不怪,顺便在两个人的真爱较量中,学些技巧。

2011年王川给二乔的毕业礼物是张地图,这礼物一出,大家都震惊地看着他,大神啊,虽然都不明白到底什么意思。

二乔笑眯眯收下,听王川说,陪我走到风景都看透。

我们几个大老爷们在旁边只有感叹的份,强中自有强中手,还是王川技高一筹,让一个姑娘神魂颠倒这么多年也是有道理的。

对于二乔来说,爱情就是两个人手牵手共创美好的未来,可以在未来的某一天拿着两个小红本,炫耀一下对方由公有变成私有物品,无论生老病死都再也逃不开牵绊。

但是她忘了,一辈子太漫长。

刚毕业那阵子,招聘会简直就像是随时能把人淹没的怪兽,二乔每天奔波其中,应付着大大小小的面试,大家自此聚少离多,毕竟在这种累得已经没个人样的日子里,嘴巴上下多碰一下也都觉得累。

当然,我们这群人里,也总有例外,就比如王川。

在毕业的第二天他就周游列国去了。

在王川走的那天晚上,二乔难得的想起了我这个酒友。

但是,与平时不同的是,这次是她喝醉了。

我蹲在她旁边看着她扶着树就是一顿吐,身子却站得绷直,这表面乍一看毫无醉态的架势,看起来却更像孕吐,搞得周围跳广场舞的大妈们一个劲儿地往我们俩这个方向看,舞步都错了。

忽然我听见这停不下来的呕吐声里,像是夹杂了哭声,我哪里见过这阵势,还没来得及做出下一个反应,却见二乔猛地一抬头,提高嗓门大喊了一句:"王川,你个王八蛋!"

我此时很想后退几步,因为周围看过来的目光实在是太过炽热。

在我把她带离那个是非之地之后,二乔便坐在路边上跟我唠叨起了王川。

具体内容我记不得了,反正是挺虐狗的。

二乔是个目标一向都很明确的姑娘,也有着与生俱来的执着与执拗,而王川的人生哲理却是随遇而安。

我们俩就坐在马路上聊天,一直聊到她醒酒,她絮絮叨叨的一堆话里,我就记住了一句——总会有一个人让你小心翼翼地去对待,就算没有结果的执着也都是值得的。

2012年二乔跟闺蜜手牵手逛街的时候,一不小心看见了不远处甜甜蜜蜜的背影。其中一个人就是前一天还对着她说"我爱你"的王川。

我跟二乔碰面的下午,她前一秒还在跟我讨论设计方案,后一秒合上文件夹就告诉我王川牵了其他小姑娘的手。

对于她这种神级的转换,我思维有点跟不上,但看着她从包里掏出的二锅头,我就知道真出事了。

"我还是喜欢二锅头,简单又对味口。"二乔猛地灌了一口,便把瓶子放下,那波澜不惊的样子,让我都觉得似乎失恋的那个是我。

我头一次觉得不知道该说些什么,因为觉得说什么都不对,却又像是怕冷场一样,很傻地问了一句:"你准备怎么办?"

"怎么办?我在看见他们两个的时候,脑子里跳出了无数个应对的办法，上去揍他，指着他的新欢破口大骂，或者是泪流满面地抱他大腿。"

二乔讲到这，无奈地耸了耸肩膀，她嗤笑了一声，我抬头看向她，这才发现她那眼睛肿得惨不忍睹，分明就是哭过了。

"你累不？"

"累，但是我就是想看看，我能为了他做到什么地步。"

何必呢？一个人心不在你这里，无论你做了什么他都是熟视无睹。这一句我没说出来，就像二乔死活不愿继续说后面的事。

但是她不说，我都能想象到，面对那张前一秒还柔情蜜意的脸，面对自己庞大的自尊，二乔被剥夺了一切的反抗情绪，八成是什么也做不出来了。

很多人，你在看着他的时候，已经是陌生的了。

后面的日子过得波澜不惊，似乎那个边吃东西边窝在沙发里哭得不像人样的姑娘不是她，哭到睡着睡醒了继续哭的姑娘也不是她。

她照旧跟王川在一起吃饭逛街，没心没肺像一颗无公害的小白菜。

二乔不愿承认，那个爱过自己的人就这么远离了自己的世界，跟别人双宿双飞，也不愿承认自己大好年华里最美妙的爱情，就这样的无疾而终。

在一个大雨瓢泼的日子里，我忽然接到二乔的电话，她问我："你说，一切都能回到过去吗？"

我摇了摇头，估计她也看不见，就听她继续说。

"以前我总是跟在他后面跑，他喜欢重金属，我就把他听过的歌都听一遍，让他在说起来的时候我好有办法接下去，但是其实我喜欢的是爵士。他喜欢吃辛辣的食物，我就搜集所有好吃的火锅跟川菜馆，但是其实我更喜欢清淡的食物……你说,我是不是该把自己找回来了?"

我没有再接话,只是静静地听着电话那边二乔断断续续地说着她的回忆,忽然觉得爱情真是残酷,你为他做了所有的改变,却在最后面对一拍两散的结果时连自己都弄丢了。

5

2013年,二乔的消失似乎是毫无预兆的,让这段曾经明媚的感情看起来似乎是无疾而终。

我觉得二乔简直是天才,不声不响就策马走江湖去了,留下王川在这儿摸不着头脑,他不知道自己做了什么,让那个世界中心只有他一个人的姑娘走得如此决绝,她所有的联系方式像是在一夜之间都清除了个干净,她甚至连走的原因都不肯告诉他。

王川找了二乔很久,却一点线索都没有,她就像是他做的一个冗长的梦,梦醒之后,所有的一切都成了空,只留下一些空空的回忆而已。

王川去我的公司找过我,当然我不觉得我是个例外,因为他八成已经把所有认识二乔的人都拉出来遛了个遍。

问的也无非就是有没有二乔的联系方式,或者二乔临走之前有没有说什么之类毫无价值的问题。

我很想告诉他,二乔就是他的黄粱一梦。但是善良的我,忍了忍还是没说出口。

说实话,对于王川的这种从高原到平地的落差,我作为知情的看客,看戏的时候还是很开心的。

这可是平淡生活中的大戏。

二乔走后，除了王川以外，剩下的我们那帮狐朋狗友们，个个都攒了一堆的明信片，那些从世界各地纷至沓来的明信片，收得我都有点寂寞，不知道在一川草色的山坡上，在那些被时间腐蚀的高楼建筑里，二乔会不会觉得寂寞。

6

2015 年消失已久的二乔重出江湖，但是她给我打电话的时候却告诉我，她站在王川的家门口。

"你说，我到底要不要进去，我悄无声息消失了这么多年，我是说句好久不见呢？还是说句我回来了？"

对于二乔这种大脑回路不同于一般人的姑娘来说，我现在提的任何建议在她眼里都是无效的，所以我只能中肯地告诉她："我猜你什么都不用说，你就等着看王川给你行跪拜大礼就好了。"

"你怎么那么贫嘴。"

"那你准备怎么办？你都消失两年了。"

我还在啃着汉堡，准备正经八百地跟她分析一下局势，就听见二乔那边传来了对话声。

"二乔，你还是没长进，怎么还是这么小一只。"

"我这是，弱柳扶风招人疼。"

正竖着耳朵准备继续听，却只剩下一串忙音，我的心灵简直受到了一万点伤害，最重要的时刻，却让我这个灯泡退下了。

然后第二天我就收到了二乔的短信：老白，我跟王川也许只是几天没见罢了，怎么可能是几年呢？他还是当初的摸样，而我们之间的硝烟似乎也从未散去。只是，这段曾经让我撕心裂肺的感情是从什么时候开始，为什么我却再也感觉不到疼了呢？

我看着二乔的短信，哆哆嗦嗦地把手机又放回了桌子上，她这一文艺起来，我怎么觉得不适应。

起身准备去门口扔垃圾，电话却急促地响了起来，来电显示正是二乔。

"老白，你太过分了，简直不仗义！"

"我有吗？"

"有！我正在水深火热之中求解救，结果你却无视我！"

她给我打电话絮絮叨叨的时候，我在店里看装修，看着眼前的鸡飞狗跳，只能投降一般地抱头号叫："姑奶奶求你了，赶紧回来吧，不是我解救你，而是地球需要你啊。"

我似乎都能听见她那边不屑的声音。

"姑奶奶我，已经准备好回归人类生活了。"二乔信誓旦旦地说。

我看着眼前这个从软糯姑娘变身成女神的二乔，听着她喝高了之后的高谈阔论。

"你真正的爱过一个人吗？那种感觉就像是你习惯喝的白水，你已经习惯了它，就算被换掉，你也还是会想念它。"二乔说。

都有过这样吧，有人给你带来了平淡生命里的惊喜，成为你心里不可或缺的一部分，你认为无论他做了什么，你都觉得离不开他。

我忽然有点语塞，但是也不想接话，酒足饭饱之后就应该窝在被子里好好睡一觉，伤春悲秋都是瞎扯淡。

我看着歪倒在沙发上，满是人生哲理的二乔，真不知道她现在这揪心的矫情是有感而发还是积蓄已久，但是无论怎样我还是一个尽职尽责的好听众。

毕竟，算起来还真是很久没听到她矫情了。

"这次你走，告诉王川了吧？"

"必然是告诉了。"二乔冲我挥了挥手，那懒散的手势都带了几分醉意。

"哦，可以八卦吗？"

"我把他给灌倒了才走的。"

我想象了一下，被阔别多年的前女友一见面就用酒无情地灌晕过去，那是一种什么样的情形，又是一种怎样憋屈的心情，想了想还是觉得有点不忍心。

见我半晌没说话，二乔一个抱枕就扔了过来："我现在就想不明白了，我明明见了他就恨不得扒了他的皮，怎么再见他一点感觉都没有？"

"那你灌倒他感觉爽吗？"

"爽。"

"那不就得了。"

我看着二乔跟喝水似的喝着我的酒，我心里其实比她还酸爽。也许就是矫情的人多了，酒才能卖得好吧。

"王川要结婚了，你知道吗？"二乔忽然转了话题，倒是让我有些猝不及防。

"知道啊，请柬都接了。"

"你竟然不告诉我！"

"你一回来一声不吭地就去了他家，我哪里有空说。"

"好吧，你去吗？"

"不去。"

二乔拿着手里的酒瓶晃了晃："在刚分手的日子里，我以为我永远都要在暗无天日的回忆里待着了，有一天当你肯让阳光照进来的时候，天总是会亮的。我知道他要结婚的时候，觉得很平静。"

我特别讨厌，在我准备感叹人生的时候有人打扰我，可是我讨厌的总是出现得特别及时。

在我准备开始跟二乔正经谈人生的时候，我家的门铃却停不住地响了起来，为了不扰民，我看了眼沙发上的醉鬼，过去把门打开来。刚开个缝，胖子就挤了进来："二乔女神，早饭来了。"

我笑了笑，是啊，天总是会亮的。

8

没隔多久，就到了王川婚礼那天，我像是跟二乔说的那样，去都没去，礼金也是找人带了而已。

婚礼那天我给二乔打了个电话。

我还没开口，就听见电话那边她清脆爽朗的声音："我知道王川结婚了，你去没？"

"没去。"我老实地回答道。

半晌没听见她回话，便又继续问道："工作找到了吗？"

"找到了，在一家旅行杂志做编辑，还算对我胃口。"说起工作，二乔的语气微微上扬，分明就让我听出了几分得意。

"那就好。"我由衷替二乔高兴。

"我算是真回归了,改天必须约起。"二乔说。

放下电话,我忽然觉得二乔终于又再次把自己找回来了,那个自信又骄傲的二乔。

也许,在懵懵懂懂的那几年,我们曾经万般小心地呵护过一段感情,曾经无比执着地守候着一个人,但在没有结果的时候不拖泥带水,坦然放下,会发现,只要你愿意打开心房,那阳光便会洒满我们身边的每一个角落。

作者简介:代琮,85后情怀暖男作家,《荏苒》杂志主编,山东锦时光年文化发展有限公司执行董事,网络电台主播。
已出版作品:《唯有陪伴,能抵御岁月漫长》《幻雪静谧,花落忧伤》《记忆》《荏苒》杂志系列等。

"本以为,我们都是同方向的季风,最终缠绕在一起成为风暴,却因为早已在不同的世界,最终各自背道而驰,而未来,终将是我们各自归去的远方。"

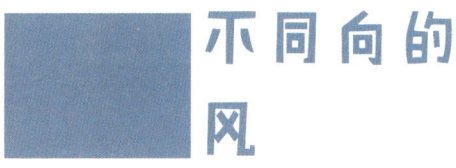

文 / 这么远那么近 ////////

1

我大学之前所有的寒暑假，都是在外婆家度过的。

那个年代没有电脑和网络，手机是大人才能使用的神秘盒子，父母整日忙着工作，思考如何升职加薪，加班也是家常便饭，学校放假他们不能让我终日一个人待在家，于是便把我扔到外婆家。

听母亲说，暑假第一次去外婆家，我的哭声传出了二里地外，和当年第一次去幼儿园哭天喊地的动静差不多。

这个事是母亲对我说的，我一直不相信，在我印象里，我只要上午学校放假，下午就会收拾东西催着他们送我去外婆家。在我的记忆中，压根没有抵触过这件事，我对母亲说："你瞎说，我特别喜欢姥姥姥爷，我着急回去和他们住。"

母亲白我一眼:"这或许是理由,但你主要是去见王凯。"

哦,对了,还有王凯。这是我从小的伙伴,母亲不提我差点儿就忘记了,想想确实有那么一段时日,我在外婆家闭门不出,每天睡到日上三竿,作业也懒得写,喜欢看电视和吃凉皮,每天吆喝外公给我买冰棍,他溺爱我从来言听计从,可外婆却不乐意。

外婆给母亲打电话:"你家这兔崽子每天睡得不起,作业不写,也不爱和其他小朋友玩,咋办?"

母亲是个不太爱麻烦的人,给出的建议是,这孩子从小就不乐意和同龄人玩,找个大点的伴,管着他就好了。

于是过了几天,王凯被外婆领到家里,那时我正在睡觉,掀开被子露出眼睛怯生生地看着他问:"你是谁?"

王凯一瞪眼:"我是你妈派来管你的。"

2

从小我就是一个小角色,还不讨喜,黑黑的皮肤,小小的眼睛,留着可以看得出头皮的寸头,厚厚的嘴唇总爱张着,因为爱吃糖又不听话,长了一排不整齐的大板牙,学习成绩中下游,不爱好体育,贪吃,又懒。

这都是母亲教训我时说的话,我听完总和她嚷嚷,那都是别人家的小孩,不是我,我心高着呢。那时我觉得同龄小孩没劲透了,整天就是翻洋片,我宁愿在家看柯南,也不想和他们在外面玩无聊的游戏。

就是那天,外婆只是在宿舍区遇到邻居的奶奶,闲话家常说了我的事情,于是邻居笑眯眯从屋里唤出了正在写作业的王凯,王凯就被外婆领回了家。

我不记得当时初次见他是什么表情，但绝对被他的眼神唬住了，悄悄"哦"了一声就蒙住头，任凭外婆怎么喊都不起床，后来渐渐没有了声音，我好像睡着了，做了一些稀奇古怪的梦，醒来后觉得胸口闷得慌，探出头发现王凯竟然还坐在床边，手里拿着一本书看得津津有味。

当时我觉得他的行为带着一种强烈的顺从，好像是大人说什么就是什么，我最看不惯这样的人，年长几岁又如何？我坐起身，故意用一种冷冰冰的语气问："你看的什么书？"

他把书立起来给我看封面："喏，这本，《刘晓庆·我的自白录》。"

这是外婆家书柜里的一本书，是母亲曾经带过来的，我从来没有翻开过，但是他却看得出神，我问他："好看吗？"

他歪着头想了一下："好看，我就想成为这样的人。"

我继续盯着封面，上面写着：从电影明星到亿万富姐儿。我问："你是想做明星还是想做富翁？"

他笑了一下："都想。"

3

王凯长得很好看，用外婆的话说是很喜人，浓眉毛大眼睛，红扑扑的鹅蛋脸，浓密的头发还有一排斜刘海，每天的衣服基本都是浅色，领口只松一个扣子，穿一双皮凉鞋，完全没有小孩子的邋遢。再看看他身旁的我，外婆微微摇摇头。

在那座钢铁厂背后的宿舍区里，王凯也是最受人瞩目的孩子，不仅仅在外婆眼中读书好人也乖，更重要的是他有威信，用现在的话说是典型的"别人家的孩子"。

三日五日我们便混熟，他便让我进入他的圈子，他告诉我，在这个小地方，不怕混不熟，就怕被排挤。我听着他像大人一般的口吻，没办法接话，只能抬着头张着嘴愣愣地看着他，这个表情一直持续了很多年。

我第一次被他领着去玩的时候，才发现原来宿舍东边所有的孩子都会聚集在这里，宿舍分东西两边，以一座荒废的学校为界限，彼此少有来往，而我们东边所有的孩子，每天下午都会聚集在学校里，而王凯就是这里的组织者，大家叫他凯哥。

我问他："有些人比你还大，怎么叫你凯哥？"他眯着眼睛看我："等会你就知道了。"

孩子们三五成群站在空地上，王凯领着我到处走，介绍他们给我认识，我头一次发现了类似黑帮电影里的眼神，那些人看王凯的眼神带着敬畏、害怕，更多的是崇拜，顺带我也沾了光，他们都乐意和我说话，往我手里塞洋片，我头一次有这样的待遇，于是我看王凯的眼神马上和他们一模一样了。

等到人差不多齐了，王凯挥手让大家聚集在一起，询问每个人暑假作业的情况，督促完成的进度，那架势仿佛和学校的老师一般，连那些比王凯年长的人都唯唯诺诺，之后他清清嗓子，开始讲故事。

王凯讲的故事实在是好啊，那些无非是动画片情节和报纸上看来的文章，被他绘声绘色一讲，仿佛是第一次听到一般，所有人的神情跟着他的语气发生着变化，时不时还有或惊叹或惋惜的声音。

更让我惊奇的是，那本在外婆家看的书，都能被王凯拿出来绘声绘色地描述，那个大人光怪陆离的世界，注定对小孩子有着无穷的吸引力，每个人都听得入了迷。后来我问他："你怎么这么会讲故事，你能记得住吗？"

王凯骄傲地抬起头："我好像就是有过目不忘的本领，我将来希望像风一样，到外面去，我想做一个演说家，或者是作家。你说我能成吗？"

我的鼻涕快从鼻子里流出来了，我使劲吸了一下，用力地点点头。

4

那时的王凯对我而言是高大上一般的存在,他每天带着我参加各种小孩子的聚会,他会给他们讲不同的故事,带着所有人去煤场放风筝、打羽毛球,然后在草丛里站成一排撒尿,无论现在看起来多么荒谬的事情,那时跟着他都觉得天经地义。

只是我骨子里依然顽劣,不爱写作业,渐渐厌烦了他每天的大道理,开始躲着他,不是称病就是说今天犯困,一开始他见我意兴阑珊倒也从我,两个星期后便不依不饶,我不听话,他便摆出一副臭脸,我大声喊:"你那些糊弄小屁孩可以,对我没用!"

他盯着我看了许久,拉着我坐下,认真地问我:"你将来想做什么?"

不知道别人如何,在我年少的时候,人们还不流行谈论人生和梦想,这样的词汇还没有进入我们的生活里,大家最爱谈论的是你将来想做什么,成为怎样的人。我从小的观点就是过好几天,对于未来,从没有想过。

于是我愣了一下:"没想过啊。"王凯斜眼看我:"你都十几岁了,应该考虑一下你的未来。"

我反问:"那你呢?你就想过吗?"王凯点点头:"当然,我马上就要中考了,我要上重点初中,重点高中,将来上重点大学,然后去北京或者上海工作,还要把我爸妈都接过去住,让他们过好日子。"

我问:"在这里不好吗?"王凯冷笑了一下:"这里有什么好?四方的天,四方的地,一辈子穷。还是外面的世界好,我是肯定要走出去的。"

那天王凯对我说了很多很多,说了他的计划他的构想,他要如何完成自己的目标,那天他走后,我思量他的话,感觉自己身体都热了起来,心在不自觉躁动,感觉从脚底有一股热气冲了上来,头里晕晕乎乎的,脚下一个站不稳摔在了地上。

外婆以为我病了，着急给我找医生，我躺在床上，感觉眼睛里亮亮的，有东西，我知道自己身体没事，是脑子病了，我感觉自己以前的日子都白活了。

5

自那以后，一到寒暑假，我有事没事就往王凯家跑，跟他参加聚会，并且自愿担负起了组织的责任，挨家挨户唤他们来聚会，也在穿衣打扮上刻意向他学习，把仅有的几件衣服洗得一尘不染，开始整牙，留长头发，拼命练习跑步，参加学校鼓号队，报作文训练班，把曾经不愿意做的事情都做了。

王凯初中毕业的那个暑假，他第一次主动来外婆家找我，进门便愣住了，他疑惑地问："你是……"

我也奇怪地看着他："我是我啊，不然能是谁。"他拉过我仔细端详："好像变得和以前不一样了。"我抿嘴一笑："是不是挺像你的？"他慢慢地点点头："确实变化挺大的。"然后他又像突然想起什么事情似的说："对了，我成功了！我考上重点高中了！"

我也替他高兴，兴高采烈抓着他的手，激动地大叫了起来。但和曾经不同的是，我激动的不是他可以成功，而是我从他的身上看到自己的未来，他可以做到的，我也可以。

那个暑假的第一个月，王凯表现得格外勤奋，几乎每天都聚集小伙伴们在空地上讲话，他兴高采烈地分享自己考上重点高中的心情，规划自己的未来，描绘自己去大城市之后的生活，我耐着性子听，环顾四周，发现至少有一大半的人和我是一样的心思。

后来他便很少出现在宿舍里了，听他奶奶说是他的父母把他接回家，参加各种各样长辈的聚会，接受学校的表彰，他给我打过电话，兴奋地告诉我他去的酒店如何的金碧辉煌，他拿到的奖金如何的多，我听着不耐烦，以后便不接他的电话了。

王凯不在，我便担任起了孩子王的角色，外婆喜滋滋地说我今非昔比，家里来找我玩的人络绎不绝，大家用像曾经对王凯一样的神情看着我，我也效仿他给他们讲故事，安排游戏，督促作业，每天忙得不亦乐乎。

只是，偶尔心里会有一点沉甸甸，王凯如果回来，我该去哪里？是不是大家又会回到他的组织之下？王凯知道我现在成为他曾经的样子，会不会不开心？可我转念又想，自己又做错了什么？我是真的很想成为他的样子啊。

那一日我正在空地上给他们讲清朝覆灭的故事，王凯突然回来了，他高兴地吆喝大家来拿礼物，摊开的塑料袋里有各种点心、铅笔盒、钢笔等等。他眉飞色舞地讲述那些已经说过无数次的构想，他把那些礼物塞进每个孩子的手里，完全忽略了他们脸上略带嫌弃的表情。

后来，一个孩子把手中的点心丢在他面前，嘟囔着嘴说："我不要，我还是想听清朝的故事。"结果其他的小伙伴也纷纷效仿把礼物放回到袋子里，然后转过头期待地望着我。

王凯站在原地愣了很久，难以置信地瞪着我，然后转身跑了。那个时候的我，不知道是该高兴还是该难过。

6

我初中毕业后，外婆家搬到了市中心的楼房里，我也上了外地的重点高中，曾经的老房子便再也没有回去，儿时的伙伴们都断了联系，唯一还有几次来往的便是王凯了。

那时我在想,王凯肯定以一个胜利者的姿态,坐在高三的课堂上,准备迎接属于他的果实,他像是早早规划好自己的英雄梦,最终踏上了充满鲜花和赞美的道路。而我,无论如何追赶他的脚步,都注定像夸父追日一般,只要他一日不停,我便追赶不上。

高中的学业陡然加重,我的成绩开始下滑,曾经拼命努力保持的全班前五名,现在连前二十都进不了。担心害怕之余,我想起了王凯,向父母打听到他的学校和班级,战战兢兢给他写了第一封信。

那时他已经进入了高三,学业注定比我繁忙很多,但我却在第一周就收到他的回信,他在信中依然是一副信心满满的样子,除了三言两语告诉我学习方法,其他大部分都在讲自己高中优秀的成绩、优异的社团表现和额外的社会实践。

我们开始成为笔友,几乎每周都要通信,而他的回信却几乎千篇一律,一开始我带着溢美之词夸赞他,可渐渐自己有了应付的心,开始放缓了回信的速度,而他的回信则更慢,语气也从最最开始的自信,变成了之后的疲惫、焦急。

其实他在信中也只提到了只言片语,但我依然知道他现在压力很大,他提到自己开始失眠,头疼,神经有些衰弱,提到第一次的月考成绩有所下滑,老师找他谈话。在王凯给我写的最后一封信里,他说,为什么大家都要逼我?我一定能做得更好,为什么没有人再相信我了呢?

至此,我们便断了联系。我又给他写了回信,然后又写了几封,都石沉大海,然后他们那届高考毕业了,我也再没有去信,王凯于我而言,已经是一个失踪的人。

而那时的我,已经和当年小学的毛孩子完全不同。我是学校的广播站站长,拿到了全国演讲比赛第一名,每年的元旦晚会我是主持,我是学校的长跑冠军,拿到作文大赛第一名,学习成绩保持在全年级前十,这些都是我曾经想都不敢想的。

　　高考后填报志愿，我又想起了王凯，我想如果我是他，我会报考哪所学校，这时我才猛然察觉，王凯已经深深进入我的骨髓，我会不由自主按照他的想法去做事，也会把自己放在他的立场去考虑问题，我一时间有些恐慌，究竟是我变成了他，还是我本来就是他。

　　高中毕业后，我一度想见他又害怕见他，我搞不清楚自己的心情，想问问他考上了哪所重点大学，生活在哪座城市，那个立志像风一样自由的男孩，如今变成了怎样的大人。又害怕他不能如愿，从他的身上再一次看到自己不确定的未来。

　　可十年过去了，我依然没能再联系到他。

7

　　2014年的夏天，我从北京回到家乡办事，一天和母亲逛街时意外遇到了王凯的母亲，我没有见过她几次，反倒是母亲和她聊得熟络，她问起我的近况，一再赞许我今日的小小成绩，我几次张嘴想问王凯，但却被母亲的眼神拦了下来。

　　临告别时，我忍不住问王凯的母亲："阿姨，王凯现在好吗？"她点点头："这孩子啊，从小心气太高，高考失败后就上了石家庄的大专，然后回来了，现在在一家公司做文员，不过结婚啦，挺稳定的。"

　　我内心一惊，不露声色地说："我能不能要他的电话？"

　　回到家中，我一次次拿起手中的电话，脑子里王凯的电话号码和微信号已经背得滚瓜烂熟，但却迟迟没有勇气拨出号码，想了许久，我添加了他的微信。没过一会儿就被通过了，我惊喜地看着他的头像，仔细端详他的模样，他主动给我发来了信息。

"文宇，你好。"

我盯着这四个字不知道该说什么，索然回复了几句，约好过几天见面吃饭，十几年未见，不知当年的我和他如今又是怎样的光景，越是想要寻觅什么曾经的蛛丝马迹，才发觉曾经的一切如此不堪一击。

我不断想象，再次见面我该如何做：是像多年未见一般来一个热情的拥抱，还是像大人一样握手？是像好友一般相谈甚欢，还是如陌生人般客气？而当我真的见到王凯后，我才知道，这些年的时光，终究是错付了。

王凯瘦了，黑了，曾经的浓眉大眼依然还在，但却搭配在如刀锋般的脸上，显得不合时宜，个子长高了一些，但却差我一个头，穿了一件普通的半袖，领口有些泛黄，牛仔裤皱皱巴巴，一双运动鞋的白边看不清了颜色。

"文宇，你好。"王凯走到我面前，向我伸出了手，眼神里带着一种拒绝和冷漠，我熟悉这种眼神，他曾经在看陌生人时就是这个神情。

我赶紧握住他的手，故意夸大语气说："凯哥，好久不见啦！咱哥俩有多久没见啦？"

王凯松开我的手，自顾自朝里走去，我自知没趣，及时闭嘴快步跟了过去，落座后他看了我一会儿说："十三年八个月。"

我没反应过来："啊？"

他说："我们有十三年八个月没见面了。"

我惊讶地看着他："这么久了？"

他点点头："嗯。"

8

我可以预想到那顿饭吃得缓慢又焦急，各自沉默，各自心怀鬼胎，而这种心思，不是我所想的因为长久不见面带来的隔阂，我明白这样的鸿沟是自小就有，从他那一天坐在我的床前看书开始，就已经在彼此之间拉出了一道口子。

菜上齐后，王凯给我看微信里的公司群，他说："你看，前几天我们老总给我们群发了一篇文章，说写得特别好，让我们每个人都阅读学习，我看完后才发现那是你写的，呵呵。"

我脸一红："是吗？写得不好啊。"

他笑笑："挺好的，不错。"

谈话就此打住，王凯坐在那里认真地吃东西，我在脑子里焦急地想新的话题，但我发现除了我们共同度过的几年寒暑假，几乎再没有东西可以讲，我又不确定这些陈年旧事他是否乐意听，只能一杯一杯和他不断地喝酒，我怕只要一停下来，沉默和尴尬就会像这空气一般蔓延在四周，任凭如何挥手都无法赶走。

后来王凯让我讲述自己的生活，我猛得喝了一杯，然后尽量不带感情色彩地讲述自己这些年的经历，我刻意回避掉一些，用旁观者的口吻像念报告一般说话，王凯的神情隐藏在酒杯后，看不清楚，只是觉得他的眼睛一闪一闪，仿若多年前的模样。

良久，他低沉地说："这不就是我吗？这不就是我曾经想要的生活吗？为什么你可以，我却不行？为什么是你？凭什么不是我？"

说完，他将瓶中的酒一口气喝光，然后醉倒在桌子上。

我看着他一脸惺忪，给自己慢慢倒了一杯酒，平静地对他说："从小我就想成为你，我觉得你是个顶天立地的男子汉，你说要像风一样，你要去大城市，最后你不如愿，心里有苦我知道。曾经我想成为你，可后来我明白，长大后，我成为我自己。"

"你是我的哥哥，我的良师益友，我敬重你。"说完，我低头干了手中的酒。然后王凯低着头，一把抓住我，眯着眼睛看我："你好好干，加油，别像我一样被束缚住，到最后，后悔也来不及了。"

我一把拉起他，对他低吼："没有人束缚你，是你太要强，要的太多。"

9

后来，我回到了北京继续工作生活，直到 2015 年的春节前夕才回到家，姥姥去世了，办完葬礼后，我和母亲坐下来聊天，说起了曾经童年在老房子的生活，也谈起了王凯。母亲擦擦泪，叹口气说："这孩子，命不好啊。"

我问："怎么了？"

母亲说："他妈前几天还来家里，求你爸给他找份工作。他之前在单位因为别人骂他窝囊，跟人打架被开除，家里赔了好多医药费，老婆也跟人跑了，他过得不如意啊！听他妈说他去了南方找工作，估计这春节也不回来了。"

我听完心里堵得难受，回到房间关上门，偷偷哭了一场，不知道是替他难过，还是替自己悲哀，我刚满二十六岁，却感觉即将度过一生，2014 年夏天看着王凯隐约的白发，感觉他的衰老，而这一瞬间，我觉得自己也老了。

我的书架最上方摆着一本书，是曾经王凯在我床边读过的那本明星自传，我之前从外婆家拿了回来，摆在了最显眼的地方。我从书架上拿出这本书，抚摸着封面看了许久，然后下定决心拿出手机给他打电话，不知道该说些什么，但却觉得有些话想对他说，却被提示该号码是空号。我又打开微信给他发信息，又被提示此用户开启了好友验证。

NO.3 不同向的风

毫无征兆地，王凯删除了我，他彻底退出了我的生命。

那几个晚上，我总是在做梦，梦到姥姥姥爷，梦到老房子，梦到曾经儿时的伙伴，梦到王凯，我们都还是年少的模样，流着鼻涕，拿着玩具手枪，我们听王凯讲故事，我们在一起做游戏写作业，那时，我们还是最好的朋友。

在梦里，王凯眼睛亮亮的，好像是午夜的星辰，他坐在高大的杨树下，穿着干净的白衬衣，他把一本书递给我，他说，我将来要像风一样，我要去外面的世界，我要上好的学校，去大的城市，要把我爸妈都接过去，过好日子。

"你信不信？"他问。

我仿佛有一种内疚感，又带着小小的庆幸，我过上了他曾经梦想的生活，又觉得这样的日子战战兢兢，我怀着一直以来的信念继续前行，却又对这样的笃定一次次自我怀疑。但我明白，无论我如何怀疑，这条路我无法回头，我们选择了各自的生活，就注定要为此付出代价。

我和王凯，都一样，都一样流离失所，都一样无处安神，都一样为了青春赴汤蹈火，只是他选择了不甘心，而我选择了遗忘。

本以为，我们都是同方向的季风，最终缠绕在一起成为风暴，却因为早已在不同的世界，最终各自背道而驰，而未来，终将是我们各自归去的远方。

作者简介：这么远那么近，广告人，畅销书作家，出版人，电台主播，国家二级心理咨询师，心理催眠师，一级人力资源管理师。

已出版：《爱上一个人的花开》《最后一个夏天》《无尽意》《自然而然》《有些路，只能一个人走》《我知道你没那么坚强》等作品，策划畅销合集 OUR 书系。

▼▼▼▼▼

"两个人，太了解彼此，命运太相似，反而不适合在一起。这和异性相吸，同性相斥，一个道理。"

▲▲▲▲▲

日本情人

文 / 李七毛

有一阵子，经常叫上一帮朋友打麻将。有时一下午，有时一整夜。消消暑，解解愁。当我的同事小会，得知我以麻将解愁之后，在端午小长假之前，特意找到我，信誓旦旦地要求加入。她一再强调，并且很认真地说："李七毛，你们打麻将必须要带上我！"

我说："好，欢迎你加入组织。"

和小会约好了时间地点，只待麻将局开始。可她这遭天杀的，却放了我一个比孔雀身形还大的鸽子。我们约好的时间过了一个小时，她依旧保持着电话不接微信不回令人抓狂的美好姿态，以至于当天的麻将局在准备开场前流产。气极的我，给小会打了不下二十通电话，发了若干条微信。可这家伙，一直到端午小长假过了之后，才给我回信。

小会用略带凄惨的语气说："我那天下班的时候，手机和电脑全落在出租车上了，一直到今天才取回来。幸亏下车的时候要了发票，不然就找不回来了。"

我说:"你不用解释了,我们的友情到了尽头,梁子已然结下了。我恨你,真心的。"

小会说:"壮士你莫生气,等去公司,我负荆请罪!"

1

自从关系好的几个同事离职后,小会成了我唯一的烟友。只要得空,她会叫上我,到楼道里抽上一两根。有时候,并不需要言语,只要彼此一个眼神就知道,抽烟时间到了。每次我和小会在楼道里相会,一人一根烟,吞云吐雾,聊八卦,也聊公司不人性化的制度。这样的场景,我情不自禁想起了《志明与春娇》。不过,我不是志明,小会也不是春娇。

收假后的那天下午。小会一见到我就哈着腰给我点烟,一脸对我万分愧疚的表情。

我说:"你真有钱呢,放了我这么大只鸽子。你知道现在鸽子肉多少钱一斤吗?"

小会摇摇头说:"不知。我只知道猪肉十三一斤。"

我说:"你严肃点。"

小会说:"好嘛,壮士请接受我最诚恳的道歉。这样吧,今晚我请你吃饭,杨家火锅,如何?"

我说:"你以为一顿饭就可以弥补我因为你放鸽子而没打成麻将所遭受的痛苦吗?我跟你说,我心里的阴影面积,你算半年也算不出来!"

小会说:"那你要怎样?"

我想了想,说:"讲个故事给我听咯。"

2

我和小会就这样坐在楼道里，听她讲她的故事。灯坏了，只有在点烟的时候，借着打火机的光，才能看清楚小会的脸。小会是个南方姑娘，水灵，一双大眼睛里装着的不只是可爱，还有一种不属于她这个年纪的成熟。这份成熟，与她皮肤天生的白一样，令人羡慕，甚至嫉妒。

小会说："你真的要听我的故事？"

我点点头说："我第一眼见到你，就知道你是一个有故事的人。"

小会一声苦笑，说："我说了你可别后悔，因为我的故事只有一个词可以形容——狗血。我的出生是老天爷在我面前洒了一盆狗血，我的爱情是老天爷在我面前洒了一地狗血。"

在我听小会说完她的家庭故事之后，我对于她提出的"狗血"二字表示肯定，且比某些电视台播的电视剧还要狗血。

小会的父母是在大学时相识的，相爱四年，毕业分配了工作后结婚。他们的结合，遭到了女方父母反对。不过二人为了爱情，冲破一切枷锁，最终生下了小会这么一个漂亮的女儿。一家三口，幸福地生活了五年，还在市里买了套房子。

说到房子，小会说："当然了，幸福并不是用房子来衡量的。只不过，在一定程度上，有了房子代表着你在生活上宽松了，给幸福生活创造了更好的条件。我敢说，我父母在当时就很好地利用了这个条件。所以，那五年是幸福的。"

五年后的某一天下午，小会背着书包从学校回来后，发现家里乱作一团。哭的哭，闹的闹。有人告诉她，她的妈妈死了，出门买菜的时候被车撞死了。肇事司机事发后就逃走了。

小会那时候隐约懂得了失去妈妈的感觉。很长一段时间，她都很难过，无论何时天气都是阴沉沉的。

小会六岁的时候，她爸爸再婚了，和一个在超市做收银员的女人。小会跟我描绘这个后妈的时候，用了"包租婆"三个字。她还补充说，只是外形上像包租婆，但内心却跟电视剧里所有的坏继母如出一辙。

在后妈还没有生下孩子之前，她对小会还是算得上好的，毕竟不会短她的吃穿。可是在后母生下孩子之后，小会在家里的地位就彻底没有了。

小会跟我举了一个例子。她说："有一次，我爸爸从单位带回了几包薯片，让我和妹妹分着吃。可后妈偏心，全给妹妹了。有一天上学，后妈没给我准备便当，也不给我钱，就上班去了。"

我说："结果你就拿了一包本该给你的薯片？"

小会苦笑，说："是啊。结果等我放学回来之后，我后妈就跟我爸告状，说我偷了家里的东西。我爸二话不说，拎起我就给我狠揍了一顿。当时我心里那种憋屈啊，特别憋屈。然后我爸就问偷了什么东西。我后妈说我偷了妹妹的薯片。我爸一听，当场就哭了，抱着我说，'孩子，爸以后再也不打你了'。"

小会笑了笑，分不清是难过，还是因为什么。或许她只是在掩盖差点掉下的泪。

自从薯片事件之后，小会爸爸对小会疼爱得很。尽管有了爸爸的保护，但还是要遭受后妈的冷眼，但这也足够小会体会幸福了。只是，这幸福比之前五年的幸福还要短暂，一年后，小会爸爸查出是癌症晚期。不到半年，就抛下小会撒手人寰。

听小会说完，我一时不知道作何反应。她却笑着跟我说："狗血吧？"

从内心最真实的感受出发，我只想到"不幸"或者"悲剧"等类似的词语。可我也能明白，小会只是在用这种方式去解构狗血背后的痛苦和沉重罢了。

小会又说："别急，再来一根烟，我继续说更狗血的。"

3

没有了亲生父母，小会生存在后妈的冷眼之下。在小会上大学之前，后妈没有将她赶出门的原因，只是因为她亲爸在去世之前，留了遗嘱，房子留给她。小会说："那几年里，我连家里的狗都不如。咳！本来家里养不起狗的，但妹妹喜欢，后妈从邻居家里领养了一只。狗粮是从我的生活里抠出来的。"

我说："你会恨你的后妈吗？"

小会说："恨啥，有啥好恨的。按说，我还得感谢她，我跟她说得上没啥关系，她能养我那几年，供我读书，我很幸运了。再说了，我爸过世后，她也没有再嫁，养着他们的孩子。就冲这一点，我都要感激她。"

抽烟时发出的微微火光，映衬着小会的脸，淡淡的微笑，有着迷人的美。

十八岁那一年，小会考上了大学，她离开了那个家。她坚持认为，后妈能供她读完高中，养她几年，已经够意思了。如果以后的生活还要靠她，那就是一种没良心的索取了。所以大学四年，小会申请了助学贷款，生活费全靠自己在外面兼职。

我说："那这剧情算是青春励志啊，哪里来的狗血？"

小会说："大一的时候，我交了一个男朋友。他是学编导的，长得很帅，韩剧里的那种帅哥。你知道啊，所有的女孩，都会对帅哥动心，尤其他追你的时候，简直就是童话里的情节啊。"

我说："还是青春片的感觉，就好像之前上映的《致我们终将逝去的青春》那种。"

小会说:"这片很狗血啊。阮莞为了那个男人打胎,后来那男人还劈腿了,最后阮莞还出车祸死了。"

我说:"那你的这段爱情,还能比这更狗血?"

小会无奈一笑,说:"有过之而无不及。我和他过了我自认为浪漫的四年时间。只是到毕业的时候,他跟我提出了分手。我也不是个要死要活的人,分手就分手吧。"

小会和她的大学男友,算得上是和平分手。毕竟,在毕业时说分手的情侣太多太多。他们算不得什么惊天动地。唯一有些波澜的是在领到毕业证之后的一次毕业旅行。大学男友很客气地邀请小会一起去,从石家庄搭顺风车到四川,然后再从四川去西安。

小会去了。同行的还有一位女生。听他说,这个女生是他的一个爱慕者。如此尴尬的组合,一路走,必定是场尴尬的旅行。只是小会当时并没有觉得尴尬。她不知道为什么,更不知道为何他会如此安排,打的是什么算盘。

小会说:"在成都的时候,前男友临时有事要回家,那个女生也要回广东。前男友的飞机先飞,我和那个女生送走他之后,那个女生哇哇直哭,大喊着以后可能再也见不到他了。我看她可怜,就抱着安慰她,不要太难过。一个小时后,我又送走了那个女生。当我从机场出来,忽然就感觉到一阵悲伤,觉得怎么那么难受,忍不住躲在一个角落里哭了两小时。然后我提起行李,一个人去了西安,走完了这场安排好的毕业旅行。"

我说:"这样的剧情,还真是够狗血的。"

小会说:"狗血的还在后面呢。我跟前男友分手一年后,我在石家庄找了份工作,算得上稳定,自己也能养活自己了。突然有一天,一个我和他共同认识的女生突然找我,问我要他的号码。我当时一愣,这是什么情况。细问之后,才发现,那个女生竟然也是他的女朋友。我突然间明白,原来在大学四年里,他同时在跟好几个女生交往。"

我忍不住爆粗口，大骂了一句。

小会在一瞬间明白，毕业旅行时的那个女生，并不是他所谓的爱慕者，而是另一个女友而已。他带着两个女友出行，这样莫大的侮辱，小会自己竟然浑然不觉，这让她有些自恨。最恨的一点，是憋屈。这种憋屈比当时亲爸为了薯片的事情打她，更要难以接受。

小会说："我当时就给他打了一个电话，我说，'事情我都知道了，我也不说什么。但我很想骂你一句，浑蛋！'我要挂电话的时候，他却说这四年来，他最爱的还是我。我笑着说，'那我最后再骂你一句，你浑蛋！'"

我说："你解气就好。"

小会说："感谢他给我洒了一身狗血而已。"

4

发现真相之后，小会花了几天的时间，清理那个男人撒下的狗血。这几天里，她悟出了一个以前懵懵懂懂、现在知晓了的道理。不论什么时候，都要自己照顾自己，自己爱护自己。如她这样从小没人关爱的女子，当然期望着有一个男人能成为自己的依靠，弥补小时候的缺失。可经历了那四年，沉溺在一场骗局之中，到最后猛然发现真相，她才明白，不管是什么样的经历，不管是什么样的情感缺失，都不能指望祈求别人的照顾。就算有，他们或许都带着目的。比如她的后妈，如果不是为了那套房子，她不会照顾她那么多年。比如那个男人，多是为了满足他可以周旋于好几个女人之间的虚荣心。你说他们爱她吗，应该是不爱的。就算有，也不足以支撑他们的长久关系。只有自己照顾好自己，才来得可靠。

小会租了一个简单的一居，添置了几件家具。她已经有了一个属于自己的小家，这是她期望了十几年所想拥有的真正属于她自己的地方，虽然只是租来的。她还领养了一只小狗，白色的泰迪，取名喵喵。没有喵喵之前，小会每天有一个固定的去处，吃过晚饭，都会出门散步，在石家庄的街道上走上两个小时。有了喵喵之后，她拉着喵喵出门散步，依旧是两个小时。

小会承认，散步已经成了她既定的生活习惯。她也承认，和李蒙第一次见面，就是在散步的时候。那一晚，小会在去公共卫生间洗手的工夫，喵喵就不见了，就像好多年前她妈妈不见了一样，也像几年前她爸爸不见了一样。

小会发了疯似的找喵喵，沿街喊着喵喵的名字，就像是一个唱山歌的。每个路人听着她的声音会想笑，看见她的表情又会想哭。有些事情就是这样哭笑不得。所幸呢，在找了十分钟之后，在一个路灯下，小会看到一个瘦高的男人，正与喵喵玩闹。喵喵在他面前一蹦一蹦，汪汪地叫着。

夜里的路灯，昏黄的灯光，映衬着小会所见的画面，非常唯美。就像日剧里的场景，一只狗围着一个穿着黑色风衣的男子转圈圈。他在笑，笑得比灯光还暖。

这个男子，就是李蒙。

小会呆呆地看了许久，好像看到了那个男人的影子。不得不承认，小会对于那个男人还是留念的。意识到这一点，小会猛然间醒神，轻声唤道："喵喵，过来！"喵喵呆呆地看了李蒙几秒，屁颠屁颠奔向小会。小会抱起喵喵，责骂道："叫你乱跑，要是遇上坏人怎么办！"

李蒙闻此，淡淡一笑，朝着小会喊道："这么可爱的一只狗，怎么取了一只猫的名字？"

小会这才看清李蒙的脸，和他的前任一般帅气。尤其是那迷人的笑脸，像是一碗迷魂汤。喝过一次了之后，她已经有了防备心。她只是礼貌性地朝着李蒙一笑，说了声"谢谢"，抱着喵喵头也不回地走了。

喵喵挣扎着叫了两声，像是在与身后的李蒙说再见。

5

散步之外，小会最大的爱好，就是吃。除了基本的饮食配备，每顿两菜一汤加两大碗米饭，她还爱各类美好的食物，任何时候任何地点，只要环境适宜，她都是在吃。她的办公桌上，每天必备两包薯片。与当年她从后妈那里"偷"的薯片一个牌子。除了房租，小会的工资基本花在了吃上。

我问："你怎么这么能吃？"

小会无奈一笑，说："小时候吃不饱的缘故吧。"

我问："那你为什么还这么瘦？"

小会又是无奈一笑，说："也是小时候吃不饱的缘故吧。"

脑子里忽然就闪过许多与小会一起吃饭的场面，每次一起吃饭，连同汤汁她都能吃得干干净净。第一次见到这样的场景时，我惊讶于她到底是有多饿，也惊讶于她吃那么多却依然很瘦的体质。到如今我才明白，这不是因为饿，而是因为安全感缺失。

小会爱吃剁椒鱼头。和吃薯片一样，这其中也有一段故事。她的后妈是个厉害的女人，上得了厅堂，下得了厨房，斗得过小三，翻得了围墙，大概就是形容她的。后妈最拿手的一道菜就是剁椒鱼头。每次端上桌，小会都馋得不得了。可鱼头要给妹妹吃，她只能吃剁椒。后妈编制了一个美好的理由，让小会安心，她说，多吃辣椒去湿气。小会吃辣的功力，就是那时候练出来的。剁椒拌饭，她可以吃三大碗。

这一次，一盘剁椒鱼头，给小会和李蒙之间洒了一碗狗血。一个周末的晚上，小会去常去的一家餐馆吃饭，那家店的剁椒鱼头最好吃。可她来晚了，老板说："不好意思，剁椒鱼头只剩下一份，已经卖给你身后的那位先生了。"

小会一回头，就看见服务员将一盘新出锅辣气十足且香气喷喷的剁椒鱼头放在了身后男子所坐的位子上。看着那鲜红的剁椒，小会止不住口水直流，于是说："我可以跟他分着吃吗？"

老板略微为难地说："那得看那位先生同意不同意了。"

小会闻着香味走到剁椒鱼头前面，温柔地说："先生，你是一个人吃饭吗？"

那男子抬起头，认出了小会，小会也认出了他。他就是喵喵走失那晚的黑衣男子。他是李蒙。

李蒙笑着说："要一起吃吗？"

小会止不住点头，解释说："恕我冒昧，因为这份鱼头是最后一份了。我实在太喜欢吃，所以如果你是一个人，也吃不完，就分我吃点吧。你放心，钱我付一半。"

李蒙说："我请你吃。"

李蒙让服务员另外上了一碗米饭和一副筷子，却并不急于拿起筷子。可小会却等不及，扒了半碗剁椒，胡乱地吃起来。李蒙脸色略显尴尬，却又立即恢复如常，他如日剧里的男主角一样，说道："我开动了哦！"

小会尴尬地笑着说："我也开动了！"

饭钱最终还是李蒙付的，他的理由是，鱼头全是他吃，小会只吃了剁椒。一顿饭下来，小会觉得李蒙行为超乎寻常的奇怪，他有着一种天然多于常人的礼貌。比如服务员上菜的时候，他会弯腰说"谢谢"，吃完饭要亲自跟厨师说"你做的饭菜太好吃了，谢谢你"，结账给钱，也要向服务员弯腰说"谢谢你们的照顾！"

他像个日本人。

小会好奇地问："你是日本人吗？"

李蒙说："不是。我大学毕业去日本留学，在那里待了五年，现在基本确定要留在日本工作了。"

小会点点头，说："你叫什么名字？"

李蒙说："李蒙。"

小会玩笑道："不是应该叫什么一郎、井边之类的吗？"

李蒙也是一笑，说："留个电话吧，以后可以一起散步。"

小会说："你怎么知道我喜欢散步？"

李蒙说："因为我也喜欢散步。"

6

"既然你不吃鱼只吃剁椒，那就直接买剁椒吃就好了啊。"我说。

小会说："直接吃剁椒，那就不是剁椒鱼头了啊。"

李蒙也对小会说过同样的话。小会的回答是："剁椒鱼头的剁椒，可以去湿气啊。"李蒙又说了："普通的剁椒也可以去湿气啊，再说了，在北方，人人都要保湿，你却要去湿气。"听李蒙这么一说，小会只是笑，又说："哎呀，习惯罢了。"

我和小会聊天是在公司的楼道里，抽着烟。李蒙和小会聊天，是在石家庄的街道上，遛狗散步。他们两人一边走，一边聊天，天南海北。李蒙会说起自己在日本留学的经历，小会也会说起自己小时候的事情，上大学时的事情。只是不提父母去世以及那个男人劈腿的事情。

李蒙也说起过他小时候的故事。相对于小会来说，他坦诚多了。小会听后给了一句评价，她说："老天爷又洒了一地狗血。"

我说："能狗血过你吗？"

小会苦笑，表情比谈起自己的事情时还要苦。她说："李蒙和我一样，是个能吃且喜欢吃的人。如果他身上有一百块钱，他可以花九十九块吃饭，剩下一块钱坐公交车回去。其实能这样，因为也是苦过来的。李蒙算得上出生于富豪之家，爸爸是做生意的，住洋房，开好车。这样的日子，他和我一样，过了五年。在第六年的时候，他家里发生了一件大事。他的爸爸因为贩毒，被抓了起来，判了死刑。听说还上了当年的央视新闻。"

我不无感叹地说："用了半辈子的力气发家，结果一朝被毒品给毁了。"

小会说："李蒙根本就不知道，自己的爸爸妈妈是什么时候染上毒瘾的。他们把大部分的钱都用来买毒品。几年的时间，就把攒下来的家产败光了，公司也倒闭了。钱没了，可毒瘾还在啊。他爸从此就走上了贩毒的路，用贩毒赚来的钱买毒品。结果就被抓了，还被枪毙了。他爸爸死后不久，他妈妈步了他爸爸的后尘，也被抓了。万幸的是，不是死刑，入狱十年。李蒙妈妈进去之后，他和两个姐姐就被送到亲戚家寄养。他们这些亲戚里，有有钱的，也有没钱的。李蒙就被送进了没有钱的那家。"

说到此，小会叹了一口很长的气。她又说："寄人篱下的日子，我感同身受。吃不饱，穿不暖的日子，我更能体会。"

我说："完全是偶像剧的人设和剧情啊。照我的推算，估计他也是熬了很久，上了大学，然后凭着自己的本事，拿到了公费留学的名额，去了日本。在日本的时候表现突出，留在了日本工作。如果再浮夸一点，这几年他在日本应该赚了不少钱。"

小会说："他学医的。在日本五年，光他的奖学金，就是一大笔钱，还有其他的收入。"

我说："他妈妈应该出狱了吧？"

小会说："早几年就出来了。只是她已经不再是个妈妈了，出来后根本不管他们，不知道跑哪儿去了。现在也不知道是死是活。"

我说："他和你有着类似狗血的经历，还有着共同的爱好，吃和散步。按照剧情发展，你们应该相爱的。至少，他应该是中意于你的。"

小会脸上露出浅浅的笑。像是在承认，也像是在否认。

7

从头至尾，李蒙都没有在言语上表达自己喜欢或者爱慕小会。仅有的一次也只是在散步时说了这么一句话，他说："我从未见过你这种女子，每天散步两小时，就只是走路，感觉非常的特别。"

"特别"这个词很暧昧，有时候只是一个单纯的副词，有时候却又成了变相的表白。小会有百分之八十的把握肯定这不只是一个副词而已。另外的百分之二十，全因为他从头到脚都像一个日本人，在中国人眼里，礼貌过度。

小会说："自从那之后，每天中午，他都会跑来公司找我，然后带我出去吃饭，吃各种好吃的。"

我问："他怎么知道你公司地址的？"

小会说："有一次散步，偶然经过我公司楼下，就指给他看了，没想到他就记住了。"

会记住这些事情的男人，多是出于感情。这一点于我，也是如此。我断定李蒙，亦为如此。李蒙对于小会的情，全体现在一个"吃"上。他除了每天变着法地请小会吃饭，还会时不时送给她大量的零食，都是他从各处搜罗的。有他自己小时候吃不到的，也有小会小时候吃不到的。他完全能懂一个缺乏保护和照顾的人，最需要的是什么。

不过不久后，李蒙对于小会的关心就不只是"吃"而已了，发展到了"用"。偶尔他会带着小会出门逛街看电影，假使小会多看了什么一眼，当天晚上他就会把这些东西送到她的眼前。小会一直想买一双鞋，但由于价钱超出自己的预算,一直没有下手。有次路过那家店时,不免又看了一眼。李蒙看在眼里,第二天早上就将那双鞋快递到了小会公司。

跟着李蒙免费吃喝,已经让小会过意不去了,如今还收到他送的东西,这让小会有些惶恐。她忽然将自己归类于那些靠别人养着的女人。小会将鞋子还给了李蒙,否则就要给他钱。送出去的东西,再送回来,对于男生来说算是一种伤害,如果收了却要给钱,那更是一种伤害。于是他这么说:"其实这双鞋本来是给我姐买的,但我姐脚太大,根本不能穿,所以一直放在家里。丢了是浪费,不穿也是浪费,我看你挺喜欢这双鞋的,所以就想着送给你,也算是不浪费了。"

不知道为何,小会竟然被李蒙的说法给说服了,最终心甘情愿地收下了那双鞋子。毕竟因为女人的虚荣心,她也想要那双鞋呀。可她料不到,开了这条口子,接踵而至的就是更大的"伤害"了。

一日,小会的笔记本坏了,找人修了半天也是无力回天。眼看着小会没有电脑可用,李蒙又买了个苹果本给她。这一次,李蒙并不是说这是家里闲置的,而是借给她用的。如果有一天她攒够钱买一个新的,再把这个还给他就是。

小会接受了这个笔记本,这除了受制于她没钱买一个新的笔记本之外,全因她和李蒙之间,确实存在一种"特别"的感情。李蒙已经用自己的方式表现得很明显,不然他不会接二连三地将一把车钥匙和一个房本送到小会的面前。

小会惶恐地说:"你把这个给我干吗?"

李蒙说:"能干吗,给你用啊。你租的地方那么小,条件还不是很好。你上班又那么远,开车方便。车是我用留学生的身份买的,可以免税,省了不少钱。"

面对着小会,李蒙所有的表现,都在于无止尽地给她东西。小会能感觉到李蒙对自己的喜欢,而自己对他也有心动。只是到了现在,她有种自己像是那种被有钱人包养的感觉。他送东西不是为了什么爱情，只是在显示自己的能力。小会认为这是一种伤害。李蒙却觉得，这是他所理解的小会所需要的。

小会说："这些东西你拿回去，我是不会要的，你当我是什么人，被你包养的吗？"

李蒙感觉到冤枉，他说："什么包养，我就是真心实意想要给你啊。爱一个人，不就是要竭尽所能去照顾她，爱护她吗？给你这些，我现在有这个能力！更重要的是，我想和你在一起。小会，我爱你！"

听到这三个字，小会心里一惊。我问她："你当时是不是吓坏了？"

小会说："又惊又喜又愁，五味杂陈。"

我说："那你爱他吗？"

小会说："如果他是个普通人，我可能会更明确我爱他。"

我说："看来有钱也成了一种错。"

小会说："洒狗血罢了。"

8

李蒙自己也感觉到了唐突。他要理解小会所受到的"伤害"并不难的。此后他便不再提房子和车子的事情了。他如顿悟了一般，不再以从前一味送东西给小会的方式和她相处。与小会所期望的一样，他忽然就变成了一个普通人。小会十分确定她是喜欢上甚至爱上了这样的李蒙，尽管他们的相处还是集中在了"吃"上。

他们把吃饭的地方，从外面的饭店转移到了小会十几平米的小出租屋里。小会给李蒙做拿手的湘菜，李蒙给小会做日料。吃饭之前，小会会学着李蒙说："我开动了哦！"相处久了，礼貌成了自然，小会也渐渐觉得这不是多余和过分。

关系越亲密，女人就会试图去全面了解男人。小会就很想知道，李蒙在没有陪她的时候在干些什么，他什么时候回日本。第二个问题，小会问不出口，那样会显得自己很舍不得他离开。有一天，趁着两人在厨房收拾碗筷的时候，小会说："认识你这么久，还不知道你这次回国是要干什么。"

李蒙将洗好的盘子装进柜子里，盘子撞击时发出"咣当咣当"的响声，和流水声一起，此起彼伏。李蒙说："找我妈。"

小会明白，这是李蒙的一个敏感话题，她略微胆怯地说："那找得怎么样了？"

李蒙说："所有能找的线索都找了，不知道她去哪儿了。可谁知道呢，说不定她现在在哪里吸毒呢，死了都有可能。"

"那你恨她吗？"小会关掉了水龙头，厨房里一片寂静。

李蒙却反问小会："那你恨你后妈吗？"

小会竟无言以对，继而明白李蒙心里的痛苦和纠结。一个该恨的人，却始终恨不起来，嘴上对他冷漠得要死，可心里却在乎得要死，这是何等残忍。她竟情不自禁地从背后抱着李蒙，她的耳朵贴在他的背上，隔着衣服感觉他的体温，感受他的感受。她用这样的拥抱，安慰他，也像是在安慰自己。

李蒙缓缓转过身，将小会揽在怀里，他说："你跟我回日本吧。"

9

关于要不要去日本的问题，小会一人想了很久，却始终下不了决心。

毕竟她除了看过几部电影，《情书》之类，对日本根本没有了解。虽然李蒙已经做出了安排，他会动用关系，给小会争取留学的名额，安排她先到日本上学。读完书后，再找工作，留在日本。至于签证等手续，根本不用小会来操心。可小会终究没有当年蒋碧薇的勇气，不管不顾跟着徐悲鸿去日本留学。

除了李蒙之外，小会没有朋友，她想找人说说这个事情，却找不到人。手机通讯录翻了半天，她拨通了后妈的电话。后妈说："能去就去啊，这是个好机会，女人不就是要找个可靠的男人嘛。可别像我，到头来一个人，日子多苦你能明白的。不过好说歹说，全看你自己愿不愿意跟他走。"

小会说："我纠结了好久，我发现自己没有拒绝李蒙的理由。李蒙是个好男人，我能确定他会对我很好。我非常希望找一个人，过自己渴望的家庭生活，有一个人照顾，李蒙就是这样的人。可当时，我就是下不了决心。因为我不知道，这是否就是我可以拥有的。"

我说："你现在坐在我面前，就说明你已经下定了决心，拒绝了李蒙。你是怎么做到的？"

小会说："我没有拒绝，而是同意了。有一天，前任给我打电话，他跟我说他很想我，那口气我特别讨厌。于是我就说，我要去日本了，跟我未来的丈夫。我前任立即就说'不行，你怎么可以跟别的人走呢？我才是最合适你的男人，最爱你的男人'。当时我那个气啊，我立马做出决定，我非得跟李蒙走不可。"

我说："但你还是没走成。"

小会说："这是我最近演的最大的一出狗血剧了，发生在我们走的前一天。我要走嘛，喵喵没人照顾，我前任说他愿意养。当天下午他就跑了过来，说要带喵喵走。我把喵喵给了他，本以为他马上就走了，可他突然就抱住我，还哭了，说一直爱着我，觉得亏欠我。这个渣男又来洒狗血了。好死不死，还给李蒙撞见了。他虽然没说什么，但我就知道他心里肯定不高兴。果然，走的当天，出事了。上飞机前，我有些不爽，前任那个的贱人，都是他惹的祸。李蒙见我这样，竟以为我不乐意跟他走，跟我吵了起来，说的话还挺狠的。我一生气，撕了登机牌说，我不走了！"

我说："就因为这样，你就没走啊？他没劝你？"

小会说："没有，他一个人上了飞机。"

我说："照李蒙的性格，应该不至于这样吧。"

小会无奈地笑笑，说："你忘了老天爷洒的狗血了吗？"

10

一个礼拜之后，小会收到李蒙一封很长的信。他说，所谓的误会只是因为他愿意把这一切当成一个误会，一个借口。吵架也只是为了让这个误会和借口变得顺理成章。他一直都知道，小会并不是那么愿意跟他走。这不是因为爱不够，而是因为那是不属于也不是小会所想要的生活。他们都太了解彼此。

两个人，太了解彼此，命运太相似，反而不适合在一起。这和异性相吸，同性相斥，一个道理。

我说："你们还有联系吗？"

小会说："有啊，每周我都会收到他寄来的包裹，都是他在日本搜罗的好吃的。"

我说："他还是爱你的。"

小会说："我也有一点儿吧。"

我说："那你后悔吗？"

小会说："我也想过如果我真的跟他去了日本，生活会是什么样子。

可也只是想想。我知道，我一个人还是可以生活得更好的。"

我说："老天爷给你洒了这么多狗血，你依然这么励志，实在是难得。"

小会站起身，像日本动画片里的水冰月。她说："你不知道吗？狗血是可以驱鬼的。"

我似懂非懂。

手中的烟燃尽了，小会的故事也说完了。

作者简介：李七毛，编剧，作家。
已出版作品：《我们都不擅长告别》。

"青春是一场没有预告的电影,你永远不会猜到它的过程是平淡还是离奇,充满眼泪还是欢笑,有鲜花还是风雪。"

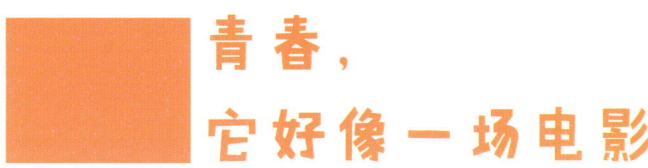

青春，它好像一场电影

文 / 绒绒

十多年前我跟王乌云打过无数个赌。

似乎每段应该好好享受青春的时光里，我和王乌云都在用打赌来打发时间。我们赌历史老师一节课中会讲几个笑话给我们，我们赌前座的胖子早上吃的是豆沙包还是韭菜包子，我们赌下一节的体育课会突然变成外语课还是数学课。

王乌云的头脑不够发达，她不认识历史课本中那些戴官帽留八字胡的胖官员，也不懂得为什么要做那么多数学习题，为什么要千方百计证明它的结果等于零。

王乌云功课很烂，她讨厌每一个在讲台上滔滔不绝讲上 45 分钟的老师。

可是王乌云唯独不讨厌历史老师。

我们的历史老师是一位从俄罗斯留学回来的大男孩。他应该比我们大不了几岁,四岁还是五岁。他留着清爽的短发,喜欢穿着一件浅绿色的衬衫,说话的声音像从留声机里传出来的一样性感又有磁性。

王乌云踏着铃响冲到历史老师身旁,踮起脚尖在他的耳边嘀咕了几句话,历史老师忽然笑了,想要拍王乌云的头,又停留在了半空,胡乱抓了抓后脑勺。

王乌云一下子豁然开朗,迈着轻盈的步伐朝我走来。她越走越轻,好像天空中的乌云一样快要飘起来了。

以王乌云为中心,方圆十里的人都认识她。她牙尖嘴利,嗓门极大,生气的时候眼睛瞪得很大,好像要把所有惹她厌烦的人吞到肚子里去。

王乌云有一头长发,她十分溺爱她的头发,每天早晨比我们早起半个小时洗头发、涂营养素、梳头发。到教室上早读课的时候,她的长发还没干,王乌云披着湿淋淋的头发,水珠"滴答"滴落到椅子上。她搭一本书在课桌上,脑袋顶着书本,龇牙咧嘴撕咬着一块韭菜盒子。

我很好奇,像男孩子一样生长的王乌云为什么还要留一头长发。每次我这样问,王乌云就把头发拢起来,一丝不苟地绑在后脑勺,抬起手把头发从后面抓到胸前,尽情抖着她那乌黑浓密的、像瀑布一样的长头发。

王乌云矜持一笑:"我不告诉你。"

其实"矜持"两个字本应该和王乌云丝毫扯不上关系。王乌云可以大声地说出她的三围尺寸,也可以倚在教室门口冲我说些没节操的话。

王乌云好像什么都敢说,什么都敢做,并且做起来毫无顾虑、勇往直前。

王乌云说这就是青春应该拥有的模样。

不用管明天是下雨还是闪电,不需要理会下一秒涨价的是柴米还是油盐。人生总应该有这样的一些时间,想笑就大声笑,想哭就放声哭。

青春是一场没有预告的电影，你永远不会猜到它的过程是平淡还是离奇，充满眼泪还是欢笑，有鲜花还是风雪。你也永远不会猜到，那个电影中似曾相识的主人公，会不会挑选一条好看的领结戴起来，在结束的时候拉起你的手一同谢幕。

在王乌云的电影里，她自导自演了很多戏码。

王乌云攒了很多钱，买了各种各样的明星贴纸发给班里的女同学。收了贿赂的女生会在历史课结束以后疯狂地跑上讲台，把历史老师团团围起来，缠着他讲在俄罗斯留学时候的事情。

王乌云在座位上只需要轻轻咳嗽一声，挡住她视线的女同学便会很识相地扎个马步，留出一张完整的历史老师的脸给她慢慢欣赏。

历史老师说，他去读书的时候皮箱里会塞满碎花雨伞。因为俄罗斯的轻工业不发达，那里的手帕和雨伞，比长得好看的男明星还要受欢迎。

雨伞占据了整只箱子，书和衣服要坐着下一列火车翻过山越过岭，被押运到他身边。所以没有书读的日子，他在清冷的俄罗斯街头铺一张红绸子，碎花伞还没摆完，腰包已经塞得满满了。

历史老师喜欢打篮球。

王乌云最喜欢班级调整座位。她掐着手指，还有三周就可以换到靠窗的位置了，还有两周就换到靠窗的位置了……

等待的日子总是被拉长了又长。

王乌云终于可以坐到靠窗位置了，她常常托着腮帮，神情专注地搜索操场上奔跑的身影，那个穿着白色T恤和青灰色长裤跳起来投篮的人，那个曾经翘了课去俄罗斯街头卖碎花伞的人，那个讲起历史像讲故事一样生动的人……

那个人就是王乌云电影中的男一号。

那个人就是王乌云所有的青春。

后来王乌云认真听了好几节语文课，写了一封情书。我和胖子都不敢猜测，那究竟是一封怎样的情书。

胖子奉命去把情书送给历史老师。他走的时候像领了尚方宝剑一样，沉重的剑柄握在手里，走路时"扑通扑通"，好像下一脚就要踩碎了地板掉到楼下去了。

我们看着胖子宽厚的背影，王乌云摇摇头："他是我见过最胖的人。"

我也摇摇头："他是我见过最听你话的人。"

那个阳光正好的午后，我们趴在窗口偷看。

历史老师穿了一套湖蓝色的运动装，一个又高又瘦的人把球传给他，他接过球，运着球转了个身，躲过了三个试图夺走球的人，起身跳起来把球投了出去。球打到篮筐上弹到了对方的手里。

他立了几秒钟，抓了抓自己被汗水浸透的头发。

王乌云"唉"了一声，瞬间泄了气，耷拉着肩膀和耳朵，托着腮帮子惋惜。

"不过，这画面真美好啊。"王乌云说。

没过一会儿，我们看见胖子一晃一晃地走到了这幅美好的画面里。他从口袋里掏出一张纸，连比带画地在历史老师跟前忙活大半天。

王乌云伸长了脖子竖起了耳朵，就快把脑袋揪下来当成篮球滚到操场上去偷听。

我问她："听到了吗？"

王乌云说："嗯。没听到。"

胖子回来的时候满身是汗。王乌云从窗口递给胖子一瓶自己喝过的水，胖子站在走廊，呆了几秒钟，拧开瓶盖把水倒在自己的头上。水珠顺着胖子的头发流过他的脸，流到他白色的、被汗水浸湿的T恤衫，流到他宽大的短裤上，滴答滴答，落到地板上。

我被吓坏了："胖子你干嘛呢？"

王乌云也有她关心的事情："历史老师说什么了没？"

胖子笑眯眯回答了我的问题："热。"

我和王乌云等待着一个结果。

等到青春的电影放映结束，有人登台谢幕，更多的是曲终人散，海角天涯，各自为安。我们不知道在这过程中，我们所追求的是对还是错，不知道结果是不是我们想要的那个样子。

只是在这勇敢又胆小的年纪，不做点什么，怎么对得起稍纵即逝的青春？

夏天的夜晚，透过篮球筐往天上看，没有月亮，星星很美。王乌云仰着脸披散着湿淋淋的头发，思考她乱七八糟的心事。

我问王乌云："你给老师的情书里，都写了什么？"

王乌云说："我写……青春很麻烦。"

那一年，破旧的影院里上映《十面埋伏》，胖子从家里偷了五十块钱，请我和王乌云去看电影。一张票二十，三张票六十。

我们三个人凑了好久，也凑不出来另外的十块钱。胖子很识相地买了两张电影票，给王乌云买了一桶爆米花。

电影里刘捕头因爱生恨把小妹杀掉的场景，把王乌云给看哭了。她嘴里塞满了爆米花，张大嘴巴哭，眼泪流到嘴里和着爆米花的香甜味道一起被她咽下去。

周围的人看过来。

我说："王乌云你别哭了。"

王乌云哭得更大声了。

走出电影院的时候，王乌云还没从悲伤中走出来。她说："是不是想谈一场恋爱就是这么难？现在也是，古时候也是。你看刘捕头爱小妹爱得多热烈。"

我摇摇头："你爸和你妈不是挺容易嘛！"

王乌云摊开手："我妈说她不爱我爸。"

王乌云抹开眼泪，逼我答应请她吃韩国料理，而她作为回报给我讲她爸妈无关爱情的故事。

80年代的时候，她爸是集乡村教师、校长、教导主任于一身的美男子。班里什么样的学生都有，从一年级到六年级，从七八岁到二十几岁。

她妈是最大的那个学生，永远羞羞怯怯地坐在班级里最后一排。

据说本来村里的教师标配是两个，因为实在找不到一个认字又愿意干教师的人，另外一个教师就常年空着。

后来上面下来视察，乌云爸就抓来乌云妈顶替老师。因为她已经读到六年级的内容了，算是认字最多的。

再说也找不出来别人了。

等视察的人走了以后，王乌云她妈找到她爸，说："干脆就让我当老师吧，你教我，我学会了教别人。"

王乌云她爸犹豫了一会儿，说："那你干脆给我当媳妇吧，我一天24小时教你。"

后来，王乌云她妈一直觉得有些后悔，自己的婚姻像一桩买卖似的。

我们穿过狭窄的长廊，看到售票台外面，胖子躺在一排三座的塑料椅上睡得汗流浃背。

王乌云把吃完的爆米花桶罩到胖子脸上，使劲儿拍他的胸脯："真麻烦，起来了！"

　　我们去的那家韩式料理店的老板娘很凶。传说是老板从朝鲜边境买回来的媳妇，在家里要故意表现得很贤惠，会热情地跪在地上捧住老板的脚，脱去他的鞋袜，给他打上满满一盆洗脚水。

　　其实她是厌倦了这种生活，所以把对老板的怨气统统撒到客人身上。

　　我和王乌云从小就来这里吃，老板娘做的烤牛肉是一绝。端上来的时候还发着声响，咬到嘴里外焦里嫩，王乌云说："像小的时候外婆给炸的粘糕。"

　　胖子对我说："你白给王乌云吃肉了，都吃出来粘糕味了。"

　　那一天天气很热，盛牛肉的铁板不断地把热气吹到我们脸上。我和王乌云龇着牙咬着肉，一边擦汗一边流鼻涕。

　　王乌云把肉吞到肚子里，气急败坏地叫胖子给她拿纸巾。

　　后来一双干净又好看的手把纸巾塞到王乌云手里，王乌云一抬头，鼻涕从鼻孔里流出来，被她狠狠地吸了回去。

　　我们的历史老师，牵着一个女孩子从料理店的一角钻出来了。

　　我和胖子都暂停了呼吸，不敢说话。

　　女孩的个子很高，大概有一米七的样子，长长的头发像森林里拥有神秘力量的瀑布，好看得不得了。

　　我们看见女孩子转过身，柔顺的头发甩起来，历史老师温柔地摸了摸她的发尾。

　　王乌云"噌"地站起来，声音乱颤，好像舌头打了结："老师，你把信还给我。"

　　历史老师问她："什么信？"

那真是很窘迫的一个中午。王乌云吃了很多盘肉,好像流到铁板上的眼泪稀释了酱汁,明明很好吃的牛肉吃起来酸酸涩涩。

胖子一直低着头不敢看王乌云的眼睛。

我想如果目光可以化作一把利剑的话,胖子已经可以用"英年早逝"来解释他的一生了。

我和王乌云都不知道胖子为什么没有把信交到历史老师手里,也不知道那天我们趴在窗口上见到胖子递给历史老师的纸上写了什么。

胖子没说,王乌云也没问。走出料理店,胖子像往常那样,尾随着王乌云沿着一条永远走不完的街道走着,前方不知道是哪里,不知道有没有尽头。

胖子宽厚的背完全把王乌云遮了起来,把她深深地藏了起来。

其实离开料理店的那一天,我看见老板娘端着托盘来收拾我们一桌子的残羹,老板快走两步,抢先夺下了托盘。

他弯着腰不停地摆动着抹布,她立到一旁擦着汗水发笑。

那笑,不是装出来的。

是谁说过北方的夏天要比南方好过一些,我真得好好跟他辩论一场。

我会告诉他,那个夏天真的酷热难当。空气里面偷偷躲藏着一颗颗小太阳,晒得我们骄躁不安,像气球一样膨胀,像烟花一样快燃烧起来了。

因为这样,王乌云剪了很短的短发,我分不清是三厘米还是五厘米。她趴在桌上睡觉的时候,头发压在胳臂上,一抬头翘起一戳,孤傲地挺立着。

我以为王乌云会生胖子的气很久,可是没过一个星期她就原谅胖子了。

我以为王乌云再也不会听历史课了,可是她好像听得更起劲了。

整个高三那一年,王乌云都像打了鸡血一样,每一门功课都很卖力地听。我和胖子也受到了鼓舞,跟着王乌云做起了努力的好学生。

在一本本没有答案的习题本上,我不知道是王乌云做对了,还是我和胖子做对了。

还是我们都没有做对。

青春时期的我们都有一种力量,对自己喜欢的人和事念念不忘。直到十几年后的今天,我们再把我们的青春岁月从记忆里挖出来,我们打算与那时候的青涩和倔强握手言和,与那时候的幼稚和不够担当互道再见。

可是我们打算这样做的时候,却发现即使那个时候那么不懂事与不成熟,回头想想我们走过的那段时光,我们还是最喜欢那个时候的自己。

那个时候我们喜欢就说喜欢,难过就说难过。开心的时候就笑,痛苦的时候就哭。每一个表情都是属于我们自己的,每迈出一步都是我们想要去的方向。

那个时候我们喜欢一个人,尚且懂得爱不是占有,而是把自己变成一个更美好、一个配得起他的人。

高考前的一段时间,王乌云写给历史老师的情书被曝光了。一个面目可憎的男同学把它从胖子书桌里偷出来,大声地朗读给班里的每一位同学。

结果很不尽如人意,胖子海扁那位同学的时候同时被揍进医院,历史老师被停课。

我和王乌云半夜偷偷去看胖子的时候,他的右眼已经肿得看不见东西了。

我们带了老板娘家的烤牛肉,胖子吃得很大声。酱汁滴到洁白的床单上形成一道难看的污渍。

王乌云塞给胖子一张纸巾,骂道:"被人揍完更胖了,像一头猪。"

护士看见胖子被填满的腮帮子,跑过来制止我们。

王乌云拉起我从窗子跳出去,我们听见护士冲胖子喊:"肿成这样还吃牛肉,是不是不想好了?"

我们应该感谢胖子住的病房在一楼，跳下去的我们踩到了一块湿软的草坪上。我们应该感谢青春够漫长，纵身起跑的我们奋力追逐，追逐自己的梦想与人生，不管什么时候都还来得及。

后来王乌云去教导处大闹了一场。

我们不知道她是怎么闹的，总之教导主任同意胖子可以带着伤参加高考，历史老师也可以回来上课了。王乌云从教导处回来的时候，面红耳赤，意气风发，像一只从战场回来的斗鸡。

我问王乌云怎么办到的。

王乌云告诉我，教导主任命令她写一份深刻的检讨，在全校面前读出来。

做检讨那一天，王乌云故意把头发梳得很整齐。我和胖子挤在广播室门口，看到王乌云手和脚都在发抖。

我想冲进去，胖子拉住我："王乌云，她行的。"

王乌云回头看了我和胖子一眼，冲着我做了一个夸张的口型。她在说："其实我妈很爱我爸。"

然后王乌云大声地检讨起来：

"青春，它好像一场电影。我们看起来好像默默无闻的配角，因为所有人看起来都比我们漂亮，所有人看起来都比我们活得精彩。

"我们是那么胆小又彷徨，害怕走错了一步，青春就这样没了。

"我们怕谢幕时的鲜花和掌声和我们没有关系，怕拉上幕布的瞬间才后悔没有演好自己。

"可是，总有一天，我们回过头来看看自己曾经走过的路，那个怯懦的无知的自己，那个单纯的无害的自己，那个从来不会对自己和别人说谎的自己,虽然没有变成主角,但这就是我们的青春,有欢笑有泪水的青春。"

那个夏天,真的好热。年轻又胆小的我们好像要被烤干了。

在那么火热的天气里,我们带着一点恐惧与希望走进考场。我们很卖力地写,咬着笔紧锁着眉头思考每一个很难的问题。

我们想要写好每一笔字,想要解答好每一个问题。因为我们每一个表情与动作,都成全了我们的未来,都是我们自己上演的青春。

那天,胖子的眼睛消肿了很多,汗水把纱布都浸透了,还知道把背包里的铅笔拿出来看看有没有削好。

王乌云抻着手臂摩拳擦掌,问我:"要不要再打一个赌。"

我问她:"赌什么?"

王乌云说:"就赌总有一天,我们全部会变成主角。"

作者简介:绒绒,一个喜欢讲故事的梦想家,「一个」APP、二更食堂人气作者。

她的文字温暖柔和、云淡风轻,而又倔强任性,如同灰暗浓雾中一束橙色的光芒,不耀眼却有力量。作品《输一回吧,姑娘》。

微信公众号:绒绒和她的故事(cecaa1220)

▼▼▼▼▼

"其实,生活本身就是一个省略号,所以,我们何苦去定义别人的生活呢?"

▲▲▲▲▲

天要多黑，才会有你的体温

文 / 小新

"小仙女做了鸡了。"

这在我们同学圈里绝对算是扔进来了一枚重磅炸弹。

我历来是个健忘的人，可是回想起小仙女驾临到我们班的场面，比电影的回放镜头还要清晰和让人动容。

那是在我的高三时代，无聊、痛苦、纠结的备考阶段。

小仙女的到来，仿佛一双大手，把我们从悬崖边拉回到安全位置——当然，我只站在男人的角度。

一件水蓝色的毛衣，白色的紧身裤，头发好像有一点点自然的黄色。

小仙女的大眼睛忽闪忽闪的,睫毛又粗又长,用我妈的话形容那就是一根火柴棒都可以放在上面跳舞了,眼神里的内容既清纯又妖娆。

小仙女被班主任安排坐在秦森的旁边。

秦森是我们这一级的宝贝,体育生,专攻短跑,代表市里参加过省里的比赛。

不得不承认,体育生的身上有一种特殊的气质,虽然,我们当时还不懂什么叫气质。

秦森有小麦色的皮肤,剑眉,大眼睛,只长了一个酒窝,不喜欢笑,喜欢装严肃,喜欢假正经。

秦森是我们班里唯一一个身上带着香气的男孩子。

当时,在我们那个小镇上,喷香水还是件很奢侈的事情。我一般都是把花露水当香水,结果同桌像被熏坏了的蚊子一样,找我们班主任要求调座位。

切,享受了我周身散发的香气,我还没跟她要钱呢,那个讨厌的龅牙妹。

秦森不一样,他比我们花露水一族高了一个等级。

我依然记得他身上很纯粹很迷人的气味儿。我们当年探讨了无数次,他身上到底喷的是什么品牌的花露水,六神?郁美净?隆力奇?

其实,都不是。

成年之后的我才知道,秦森身上喷的是空气清新剂,茉莉花香的。

小仙女来到我们班的那一天,她便成了我们这一级的宝贝。

小仙女的称谓从转学生跃升为班花,又以火箭般的速度升为了校花。

我们送给她一个名字"小仙女"。

小仙女，从天上来，堕入了凡间。

我不知道那天晚上学校里有多少的少男想象着小仙女的样子入睡。

"你居然叫泰森啊，要做拳王啊？"小仙女冲着同桌的秦森嘟着嘴。

"幼稚。"秦森从嘴角挤出了一句话，面无表情。

"会不会好好说话啊？"

"你会不会好好说话啊，认字吗你？是秦森啊，大姐。"

能够看得出来，小仙女和秦森并非初见之欢，可是他们做到了久看不厌。

没过两天，两个人就成为灵魂契合的一双人了。

小仙女打小就学习成绩一般，她不是不努力，而是真的不是读书的那块料子。

记电话号码，记车牌号，记路，她记得比谁都快，可是轮到课本上的那些知识，就真的有点困难。所以，她立志，自己学习不好，自己的另一半必须是学霸，这也有利于下一代嘛。

所以，秦森未必是小仙女命定的 Mr. Right。

扛不住的是，小仙女沉醉在秦森的香气里，秦森迷恋在小仙女的笑容中。

每天放学后秦森骑着单车送小仙女回家；秦森参加比赛的时候小仙女在一旁紧张地看着；秦森从家里带好吃的水果给小仙女；小仙女帮秦森缝

那条破洞的短裤。

可惜的是，这两位都不是学习的高手，所以我们班主任并不待见他俩。

但是，秦森心里是有底的。

秦森作为体育特长生被保送到了省内的一所高校。目前还没有一家大学会因为女生的美貌而录取她，所以小仙女最后去了一家专科学校，学的专业是客户服务管理。

客户服务管理是个高端的名字，这个专业还有另外一个"花名"——公关。

高中毕业之后，我就跟秦森，跟小仙女彻底地失去了联系。

就像我们分别的时候，你冲着对方信誓旦旦地保证，常联系啊，以后肯定还会再见面的。

我们郑重地留下对方的电话号码、家庭住址、QQ 号。

我们说，电话号码会变，QQ 号不会变啊，我们一定要保持联系，你要保重啊。

结果，后来你真的就找不到对方了。

对方的电话号码变了，搬家了，甚至连你觉得最靠谱的 QQ 他也不再用了。

人山人海里，你找不到我，我记不得你。

直到同学们聊天的时候，听到某人说小仙女做了鸡。

有人替小仙女说话："怎么可能？她可是小仙女啊！"

有人回复："那七仙女下凡来还不是洗澡勾引董永吗？"

有人继续替小仙女说话："人家做鸡了，别人是怎么知道的呢？"

有人继续回复："听说是去洗浴中心消费，一抬头，这不是老同学小仙女吗？"

每个人都在脑补：一个美女，什么本事都没有，学的就是公关，最后真的就成了女公关了，还是电线杆贴的野广告上招的那种女公关。

这是造的什么孽啊！

小仙女似乎成了话题的中心，就好比是人人都可以踩一脚的狗屎，后来却慢慢变成自动被我们遗忘的人物。

是的，踩一脚狗屎人们都会嫌脏嘛。

3

又过了一段时间，同学聚会，高中毕业七周年。

之前每次聚会，男生们都会猜：小仙女会不会出现啊？现在是更漂亮了，还是会变成一个满脸烟火气的俗世女子呢？

而这次，既然她有了特殊的工作，应该是不会出现了吧。

这个世界上有多少次的事与愿违，就有多少次的柳暗花明。

小仙女居然真的出现了。

那是挽着谁的胳膊？那是秦森吗？

天啊！

小仙女和秦森真的修成正果了？

小仙女不是做了鸡吗？

那些该死的造谣分子!

一万个问号和惊叹号在我的脑袋里转来转去。

小仙女眼神里的内容既不清纯也不妖娆,她只是素颜,完全没化妆。

秦森的身上闻不到空气清新剂的香味儿,人倒是清瘦了很多。

"哎哟,你们两大仙还真是神仙眷侣啊,终于出现了。"

"你俩结婚了吗?有孩子了吗?"周围的人叽叽喳喳地问。

"还没,那个啥,前两年我出了点事,耽误了一点节奏,估计年底,我们结婚。"秦森一脸轻松地说。

"那个啥,我们结婚,大家都过来玩啊。"小仙女冲着我们笑。

不得不说,小仙女依然漂亮,有点像许晴。

谁也不知道秦森那两年到底出了什么事,又是什么耽误了两个人的节奏。

我们周围大多数人已经失去了寻根究底的耐心,每个人要面对买车买房还贷,结婚生子二胎,压根无心理会某一个人在街头的恸哭。

这无关残酷,不过因为每个人都有每个人的忙。

高中毕业后,秦森和小仙女联系过一段时间,之后,各自安好。

秦森继续做他的体育生,小仙女继续学她的公关课。

两个人学校的地理位置相距 236 公里,大概三个半小时的车程。

秦森和小仙女偶尔发短信或者打电话问个平安,仿佛高三那段短暂的恋情只是同学们臆想出来的一出戏,压根就没有上演过。

就像我们周围太多人中学时候的恋情，不过是一次爱情的练习课，谁会把一次小测验的结果当成是期末考试的成绩呢？

太多的开始，压根就没想过会结束，因为，其实没有开始。

大二上学期的一个上午，秦森正在更衣室准备换衣服训练，突然接到了小仙女的电话。

"秦森，你这两天能不能来我这儿一趟？"

"行，我准备训练呢，训练完，我就去订车票。"

"你还能早点吗？"

秦森看了一眼教练，说："好。"

紧接着，秦森就去了长途汽车站。他没敢坐火车，因为火车需要卡时间，他不知道小仙女出了什么状况，甚至连问都没问，他只是确信小仙女此时此刻需要她。

在小仙女心里，那一声"好"，是她这辈子听到的最美丽的承诺。

下午一点半，秦森出现在了小仙女的面前。

其实很简单，有一拨校外男青年看上了小仙女的美貌，要约她出来赏月赏景赏春风，可是小仙女说自己有男朋友了不方便跟别的男人赏月赏景赏春风。

对方说："我们查过了，你没有男朋友，如果真有，那么让你男朋友跟我们会会吧，会完了，以后绝不打扰。"

于是，当着那几个校外男青年的面，小仙女给秦森打了那个电话。

当校外男青年见到了秦森的腱子肉，当下表示"大嫂在上，受小弟一拜"，接着就扬长离去了。

小仙女的眼睛里写满了对秦森的感激："谢谢你，秦森。"

"好啦,大姐,哦不,媳妇儿。"

学了三年客户服务管理专业之后,小仙女顺利毕业。

她到一家酒店做前台,成了酒店的门面。

第一笔工资拿到之后,小仙女给秦森买了一双耐克运动鞋,快递给了秦森。

"谢谢媳妇儿。"秦森给小仙女打了一个电话,露出了标志性的酒窝,尽管小仙女看不到。

"别老这么没正形的。"

"说正经的,那你给不给我老爹当儿媳妇?"

"我挂了啊……"

结果,"哐当"一声,小仙女真的就挂断了电话。

一年之后,秦森也要大学毕业了。

那一天吃完散伙饭,宿舍里的六个兄弟去了学校西门附近的大排档,想来个第二场,不醉不归。

宿舍里的老六去买烟的工夫有点长,老大有点忍不住了,去隔壁桌的几个男人那里想借根烟抽。

没想到,对方一伙人以为这是在挑衅。

借着酒劲儿,双方打起来了。

秦森把啤酒瓶往桌子上一敲,捅到了其中一个家伙的腹腔里。

秦森在看到那股血柱迸射出来的时候,就慌了,就后悔了。他浑身打了一个激灵,手有点哆嗦。

紧接着,他听到周围的人在喊:"杀人啦!杀人啦!"

他好像听到当时短跑比赛的时候，自己冲线的时候，周围的人青筋暴涨地用力呼喊"终点啦！终点啦！"

那一刻，他是懵着的。

为什么这段噩梦做得这么长？什么时候别人能够敲一下他的头让他醒来？

5

万幸万幸，那个人没有死。

秦森万万想不到，自己会被押送到拘留所，会被送上审判席。

审理持续了一个半小时的时间。

面无表情的审判长念道："……上述犯罪事实清楚，证据确实、充分、足以认定。本院认为，被告人秦森目无国法，故意伤害他人身体，其行为触犯了《中华人民共和国刑法》第二百三十四条第二款之规定，已构成故意伤害罪。"

审判长问："被告人秦森，公诉人宣读的起诉书与你收到的起诉书副本内容一致吗？你是否认罪？"

秦森说："一致，我认罪。"

因为故意伤害罪，秦森被判处三年有期徒刑和 276350.52 元的赔偿款。

知道自己的儿子被判了刑，秦森的妈妈一口气没上来，偏瘫了。

小仙女听说秦森被判刑，她的第一个动作是伸出手来比画，276350.52 元。

她觉得好神奇，医疗、护理、误工、交通……这些费用，是怎么算的，怎么还有个 0.52？

小仙女凭着几年前秦森透露过的信息，辗转找到了秦森家。

她跟秦森的父母说先借钱赔偿，之后，她来想办法。

秦森的爸爸问："姑娘，你是谁，你叫什么名字啊？"

小仙女说："叔叔，我是你儿媳妇。"

小仙女离开后，秦森的爸爸一脸错愕。

就在这之后，小仙女真的成了一个女公关，过上了昼伏夜出的生活。

晚上九点以后，是小仙女的工作时间。

小仙女接待的第一个客人，戴着金丝框的眼镜，很有学问的样子。如果是在外面遇到了这个男人，说不定，小仙女会喜欢上他。

眼镜男问小仙女："哪里人啊？"

"外地人。"

"多大啦？"

"18 岁。"

"你们是不是都说自己 18 岁啊？"

"是，啊不，不是，我 22 岁了。"

对方又问："今天干几次啦？"

"第一次。"

"你们是不是都说自己第一次啊？"

小仙女站在床头，不说话，眼睛看着地面。

眼镜男像一头凶残的野兽，进入小仙女的体内。小仙女痛到双手一直紧紧地握着，结束后，双手生疼，想要张开都不怎么容易了。

眼镜男额外甩给了她 500 块。

小仙女接过钱，说了声"谢谢"。

小仙女接待过各式各样的男顾客——老的少的，丑的帅的，胖的瘦的，高的矮的，狐臭口臭的，什么都不做让她陪着聊天的，让她大声叫爸爸的。

很多姐妹都有被踢台的，就是先把姑娘点了，又退了。

小仙女从来都没有被踢台，她漂亮，身材好，服务态度也好。

她就想赚多一点钱，再多一点。

她要帮秦森还钱，276350.52 元，这几个数字被她刻在了心里。

月黑风高，山高水远，阻挡不了心中有光的人。

大概不到两年，小仙女攒了 30 万。

她去银行取了这些钱，不知道为什么，她觉得那些钱太重了。

怎么能不重呢？

一个女孩子，一次的承诺，两年的青春，一世的清白。

小仙女把钱放在一个帆布袋子里，外面又套了一个塑料袋，确认了一次又一次之后，送到了秦森的家里。

秦森的爸爸说："姑娘，这个钱我们不能要啊。"

小仙女说："叔叔，你忘了，我是你儿媳妇呀。"

秦森的爸爸说："姑娘，我替秦森谢谢你。"

秦森的妈妈躺在床上，想要挣扎着站起来，却始终坐不住，身子总是歪向一边。

很多时候，选择无关对错，只是不得已而为之。

从秦森家里出来之后，小仙女号啕大哭。

路上的人都在看这个化着浓妆的姑娘，旁边一个老大爷问她："姑娘，出啥事了？"

小仙女继续哭："没事，大爷，我就是高兴。"

小仙女说着高兴，心里却是一阵阵莫名的难过。

但，再难过，那么难的日子也都过来了。

那些奢望洗个澡就能洗去的经历，真的都过去了。

她想起第一次见到秦森。当时小仙女站在讲台上给同学们作自我介绍，她看到假正经的秦森瞟了自己一眼露出一个不明含义的笑之后，就低下了头。本来小仙女是很紧张的，可是看到那个笑之后，就彻底放松了下来。

她被校外男青年欺负，给秦森打了一个电话，秦森想都没想，就说了一个字"好"。她后来听秦森的队友说，教练为此好生修理了一番秦森，让他在操场上跑了整整一个下午。

秦森给小仙女打电话，小仙女却来了大姨妈肚子痛，秦森意识到之后说"我教你个方法啊，把手放在肚子上先顺时针揉五十下再逆时针揉五十下，揉完就好"。

秦森在电话那头替她数着，数到五十的时候，果然，肚子不疼了。

7

什么是爱？

明明知道他在忽悠你，可是你还是不自觉按照他说的去做。

你分明下了一百次决定，我再也不回头，我要消失。

可是，他唤了一声你的名字，隔着千山万水，你也能听到；隔着人山人海，你用尽全身的力气，回了一句"我在"。

还有一种更为深沉的爱，那就是不管你变成什么你做了什么，我一直都在。

秦森在里面的表现很好，两年零四个月就出狱了。

出来的时候，秦森啥都没带，就带了一个简单的提包，里面装着小仙女当年送给他的那双耐克运动鞋。

秦森出来的第一件事，就是去找小仙女，素颜的小仙女。

在狱中，秦森收到了爸爸的信，信里爸爸压根就没有说帮着还了30万的那个姑娘长什么样叫什么名字，但秦森知道，肯定是小仙女。

若无相欠，怎会遇见。

小仙女想过，见面的时候，自己肯定会哭出声来吧。

秦森想过，见面的时候，自己一定要拥抱一下小仙女。

可是，小仙女没哭，秦森也没有拥抱。

他们就像是昨天刚刚吃完火锅或者冰激凌的恋人一样，自然地牵起了手。

秦森说:"今天天儿不错啊。"

小仙女说:"是啊。"

秦森说:"谢谢你,我最惨的时候,是你带我走出来的。"

小仙女说:"想要过喜欢的生活,终究是要付出一些代价的,改变一些放弃一些,才可以收获想要的。"

小仙女问:"你不怕别人的风言风语?"

秦森说:"我不相信别人口中的那个人,我只相信我看到的那个人。"

我周围的朋友听我讲过这个故事之后,都问过我:"秦森和小仙女之后怎么样了?"

有人更是不客气地预言:"任何一个汉子,都受不了自己的女人去做鸡啊,他俩肯定得掰!"

其实,生活本身就是一个省略号,所以,我们何苦去定义别人的生活呢?

更何况,在我内心深处,被写成了惊叹号的爱情,才是让我写下来的全部原因啊。

作者简介:小新,刑法学硕士,水瓶座怪咖,深夜写作者。已出版《每一首歌都有TA要去的地方》《每个适合熟睡的夜晚我都在想你:枕一首歌,说晚安》。

微信公众号:小新的未央歌

▼▼▼▼▼

"也许是老天的故意为难,也许是幸福来得太过突然,也许是因为真爱经得起苦难。"

▲▲▲▲▲

最怕不是颠沛流离，而是不能与你在一起

文 / 小北

1

2013 年初，冬，老梁结婚了。

婚礼在长春举行，对象是他爱了整整十二年的姑娘——晓缘。

婚礼除了他爸之外，基本上都是晓缘的父母以及亲朋好友了，当然也包括我。

看着老梁西装笔挺地站在台上，再看着晓缘穿着一身洁白婚纱从门口朝他走来的时候，我的心脏从内到外涌起了一股暖意。明明那天外面冷得出奇，此刻的我却仿佛身处在暖春的阳光里。

一切都是那么的平静而美好，宣读誓言，交换对戒，双方发言，拥抱亲吻，最后在众人的掌声里许下终生诺言。他们两个笑容灿烂，恬静温

柔，真是天造地设的一对，看得底下我们所有单身狗都心生羡慕。大家都在欢声笑语中觥筹交错。

　　入夜，婚礼结束，晓缘已经换上了红色的中式旗袍，我们负责将他俩送上婚车，我跟在他俩的后面，只见老梁紧紧地握着晓缘的手，晓缘将头微微靠近老梁的肩膀，然后轻声说了一句："真好。"

　　真好，以前我总觉得最美好的三个字应该是"我爱你""我想你""在一起"抑或是"有我在"，可是今晚晓缘简简单单的两个字，竟让我不自觉地红了眼眶。

　　十二年了，他们能走到一起，真好。

2

　　晓缘是一个什么样的女孩呢？

　　十二年前的她真的一点儿也不好看，瘦瘦小小的身材，普普通通的容貌，放在当年他们那个美女如云的文科班，只能算是跑龙套的角色。

　　而且成绩差，名副其实的学渣，成绩单上永远都处于一个尴尬的位置。

　　这样一个她，当然没有吸引来小说中的帅气学霸，发生一段英雄救美的故事。

　　什么都没有，除了一个跟她一样渣渣的学渣——老梁。

　　两个人霸占了教室的最后两排，一前一后地祸害着彼此。前排的晓缘是全班倒数第二，后排的老梁是全班倒数第一。

　　两人相安无事地度过了不慌不躁的高一时光，除了期中期末，其余时光都算舒适。然而到了高二，一切都没有那般轻松了，晓缘的爸爸是这所学校的初中部老师，同为教师子女，别人个个成绩优异，名列前茅，也就自家闺女给他丢脸。所以高二开始，三百六十度全方位给晓缘施加压力，霸占了女儿所有课余的时间，导致她提前开启了高三模式，别提跟朋友玩了，跟自己玩的时间都没了。

高强度的压力并没有让她的成绩有所提升，反而在期中考的时候，跌到谷底。由倒数第二变成倒数第一。失落的晓缘整日趴在课桌上郁郁寡欢。

有一天，老梁放学值日，清理座位垃圾的时候不小心碰到了晓缘的笔筒。从笔筒随之掉落的还有一封信。鬼使神差，老梁打开看了，原本以为是写给谁的情书什么的，没想到打开一看居然是晓缘压抑在心底的痛苦，她甚至有了些许轻生的念头。也许同是天涯沦落人，老梁十分能理解一个学渣的悲哀。但好在老梁心不在学习，家里也没有人给他施加任何压力。所以他拿起了一支笔在信的后面写上了一段鼓励的话。然后又偷偷塞回去了。

一颗恻隐之心成就一段贴心之交。也许正是因为两人惺惺相惜，开启了前后桌的笔友之旅。笔筒里面的信每日一换，年少的两个人用纯净的白纸交换着彼此的心情。这份隐晦而美好的秘密心照不宣地留在了彼此的记忆里。

晓缘因为有了老梁的鼓励，开始变得积极，开朗，向上。心里有了一种莫名的盼望，有了一起加油的动力。觉得身后多了一股力量在不断地激励自己要前进。

那时的两个人还未曾拥有超乎风月的感情，只是彼此相伴又惺惺相惜。

后来，晓缘的成绩真的提高了，过去英语顶多考 60，那一次高三月考竟然考到了 120。老梁替她开心，送了一盆花给她。

"为了奖励你，送你盆花。"那天，阳光很好。从窗户照射进来，将老梁手中的花盆照得格外明亮。虽然花盆里除了土就没有其他了。

"什么花啊,要养多久才能开?"晓缘一边接过来,一边好奇地问。

"从今天开始算起,应该到咱们高考前几天就会盛开啦!至于什么花,到时候开了自然就知道了。"老梁故作神秘地说。

晓缘坐在东边靠窗的位置,将花小心安置妥当,便耐心养起来了。

随着日子一天天流逝,花一天天长大,高考的日子也越来越近。而老梁跟晓缘之间的情愫也在一天天滋长。只是在当时那种紧张的校园气氛,两个人根本就没有任何勇气表露出来。

一直到高考来临,由于连续的高强度压力,晓缘开始出现轻微的感冒发烧症状。最后几天,老梁每天都叮嘱她吃药,但也不见好转。

没想到,高考当天,真的出事儿了,最后一场英语,她高烧39度。英语是晓缘的强项,老梁十分清楚这场考试对于她的重要性。看着不远处满头大汗趴在桌上坚持答题的晓缘,她一点点地支撑不住,老梁根本坐不住了,他做了人生中最牛的一件事情,在考试不到20分钟的时候,提前交卷了。然后以百米冲刺的速度跑了出去,冲到了学校的医疗室,把所有治疗感冒发烧的药统统买了一堆,再跑去找热水,最后在监考老师的重重包围下,成功送到晓缘的座位上。

人生总有那么一次行动不受大脑的控制,晓缘虚弱地抬起头,看见那个满头大汗的男孩对着自己灿烂地笑,心里暖得出奇,一如当年那个孤独无助的自己,意外打开笔筒展信的瞬间,暖得让人想流泪。从此之后,这个世界上多了一个默默陪在身后的他。

3

是的,老梁选择了复读,晓缘进了省会城市的专科服装学院。两人开启了人生中的第一次分离，晓缘将老梁送给她的盆栽带走了，盆栽里的花长大了，只是一直未曾开过花。

这一别便是一整年，晓缘在一年的时间里很快适应了大学校园生活，认真上课，享受大学时光。剩下的时间便是想念老梁。一年后，老梁未能如愿考上，索性放弃了读书，来到了晓缘所在城市开始了打工生涯。

两个人正式确定了男女朋友的关系。老梁工作的厂子离晓缘的学校要坐两个小时的车，每个周末，他都会拎着大包小包吃的喝的穿越大半个城市来学校找晓缘，从未懈怠。老梁也并没有什么浪漫细胞，从来不记得什么情人节，表白日，恋爱纪念日什么的。但是唯独一样他从未忘记过，那便是晓缘每年的生日。他会提前很多天开始准备礼物，用自己微薄的薪水给晓缘买她想要的东西。

晓缘发现这些东西也不知道是什么时候不经意地跟他提及过的，他总能一下子就记住了，然后给她一个既惊喜又感动的瞬间。

想必只有真正在乎一个人才会记得她不经意提及的某个需求吧，比起那些刻意在重要节日精心制造的浪漫，我更喜欢那种润物细无声的细水长流。

很快三年的时间过去了，晓缘大学毕业，老梁升职当了厂里小组长。日子好像一下子变得美丽起来，两个人手拉着手开始幻想着即将迎来的美好生活。

首先，要在这个城市里安一个小家，虽然房子是租来的，但是相爱的心是真的。

接着，在过年的时候跟彼此的爸妈坦白恋情，征求爸妈的同意。

然后，开始努力工作，存钱养家，准备结婚。

最后，那就是一辈子平淡幸福的相守一生了。

人生不如意十有八九，如若所有的一切都按照人的意愿规划走，那么就没有人生无常的说法了。

他们遭遇的第一个阻碍便是父母的反对,我从来没有提及老梁的家庭。

是的,老梁的母亲患有精神病,在当地家喻户晓。

高中时期的老梁几乎没有同龄朋友,学习成绩差并不是他交不到朋友的唯一理由。他之所以在看见晓缘信的那一刻选择写出鼓励的话,是因为他曾感同身受一种名叫"轻生"的思想。在救赎着这个姑娘的时候,他也在救赎着自己。晓缘是他高中唯一的朋友,也是他此生爱着的唯一一个女孩。

可想而知,晓缘的父母极力反对是有原因的。

母亲把她关在了屋里,进行思想教育。父亲在屋外跟老梁进行对峙。

母亲说:"他有什么好的?比他好的多了去了,偏偏就你死脑筋。"

父亲说:"我家闺女我心疼啊,并不是我阻止你们相爱,可是我不愿让她跟着一个连大学都没上过的打工仔啊。"

母亲说:"不管怎么样,给我分了,现在你所谓的爱,等你过了十年后抱着儿子女儿跟他一起受苦挨饿时还看你爱不爱。"

父亲说:"为了我女儿好,求求你放过她吧。"

门当户对不在乎重不重要,只在乎有没有那个能力浇灭你的自尊心。而你的自尊心跟你爱一个人相比,谁比较重要将成为这场较量中成败的致命关键。

很庆幸,他们赢了。

4

尽管父母反对,两人的感情还是坚若磐石,纹丝不动。父母的反对是合情合理的，是的，他没钱没房没车，更没有一个足够好的家庭，但这并不代表一辈子没钱没房没车。即使没有，他也不会让晓缘受到任何一丝委屈的。

回到他们租住的小家之后，老梁开始变得发奋图强起来，他默默在心里给了自己一个期限，在三年内，赚够一笔钱，风风光光地将晓缘娶回来。

而晓缘当然也没有坐以待毙，她陪着老梁一起奋斗，就算被整个世界抛弃了又怎样，他们又不是没有被抛弃过。

老梁见多识广，熟悉了服装运作的所有流程，几年下来也积累了不少人脉资源。而晓缘本身又是服装设计专业，两人当下决定自己经营一家服装店。

老梁把工厂的工作辞了，拿了自己这些年存的一点积蓄，晓缘打着各种幌子跟家里要来了一笔资金，两人把钱一凑，还差一半。当年认识的同学不多，能借到钱的更少，服装店还没开起来就遇到了资金短缺的问题。老梁不甘心，跑去跟厂长借钱，厂长给出的条件是两年内还清，不然翻倍。比高利贷还狠，但是又有什么办法，人活在这个世上难得有一次冲动的机会，第一次给了晓缘，多一次又何妨呢？

2010年的时候，老梁和晓缘的服装店正式营业了，日子也开始变得像那么回事儿起来。最开始的时候因为晓缘不擅交流，也学不来别人的处事圆滑，还不懂拒绝别人，所以跟其他家服装店相比她家的生意是最差的，老梁也不是一个热情嘴甜的人，总是闷闷的，所以两人店里的客人总是很稀薄。

一年下来，根本没有多少盈利。人最可怕的地方在于，明知道自己哪里不对，却死活不知悔改。比这更可怕的就是变成了我们最不喜欢最陌生的那类人。

但是生活的无奈也在于此，不精通人情世故，永远只是长不大的小孩。

晓缘在这一年里不断地学习成长，开始变得健谈会讲价，老梁变得更加热情开朗。服装店的生意也慢慢有了起色。加上晓缘天生对服装的敏感度和流行感知度，在第二年到来的时候，小店已经开始慢慢盈利了。

眼看一切都要往美好的日子上奔跑了，却又在中途下了一场暴雨，将两人淋成了落汤鸡。2012年底，老梁的父亲突然中风瘫痪了。一家的重担全落在了他的肩上，原本就已经支离破碎的家庭，再生变故，给了老梁一个措手不及。

原本做生意积累的一点打算迎娶晓缘的钱，这下得全部砸在父亲的病上了。好在晓缘并没有觉得遗憾，她第一时间带着这笔钱跟老梁回了老家。不离不弃地陪着老梁在病房里照顾着他的父亲。钱没有还可以再赚，因为他们还年轻，但是人没了，就什么都没了。在最艰难的时刻，也要紧握对方的手，不要让彼此走丢。

晓缘的父母得知了这个事情，反对的声音更甚，匆匆忙忙地将晓缘带回家中，二老这次非常严肃地跟晓缘提出了反对声音。

"你是傻了吗？！放着大好的日子不过，陪人家去过穷日子苦日子。你说说你到底是为什么！"

"就是，之前太放纵你们了，早知道这样，不如回家上班。跟着什么人做什么生意，现在倒好，生意没赚几个钱，反而摊上个烂摊子。"

父母的连番攻击，弄得晓缘心力交瘁。但是她依旧坚定地跟二老解释："爸妈，我知道你们是为了我好，但是我这辈子只认定他这个人，你们说什么都无济于事。路，是我自己选的，就算是跪着，我也要走完。而且，我相信，他是不会让我过苦日子的。"

晓缘的坚持让她爸妈有些震惊，看来只能说服老梁了。

一个女孩愿意跟你同甘共苦那是因为爱你，如果一个男孩给不了她想要的美好生活又何必拖累她呢？爱她就放手吧，这是大多数人尤其是做父母的考虑的立场，但是，我很想说，子非鱼，安知鱼之乐？

什么是苦？什么又是甜呢？如果穷就代表着苦，富就代表着甜。那么这个世界上为何还有那么多有钱人觉得烦恼痛苦呢？

5

老梁握着晓缘的手，跟晓缘父母彻夜长谈，我不知道那晚老梁都说了些什么，我只是后来听说，那晚老梁跪着求晓缘的爸爸将晓缘托付给他，并且承诺这辈子会给她幸福。

也许是两人的坚持打动了父母吧，也许是因为其他的原因，总之，2013年春天来临时，一切都开始好转起来。

晓缘和老梁的店生意越来越好，晓缘的父母也没有当初那般极力反对，虽然依旧淡漠，但至少不会排斥了。老梁的父母被接来了城市，找人专门照顾。

而老梁正在偷偷地策划着，冬天的婚礼。

2013年初，冬，老梁结婚了

婚礼在长春举行，对象是他爱了整整十二年的姑娘——晓缘。

婚礼除了他爸之外，基本上都是晓缘的父母以及亲朋好友了，当然也包括我。

看着老梁西装笔挺地站在台上，再看着晓缘穿着一身洁白婚纱从门口朝他走来的时候，我的心脏从内到外涌起了一股暖意。明明那天外面冷得出奇，此刻的我却仿佛身处在暖春的阳光里。

一切都是那么的平静而美好，宣读誓言，交换对戒，双方发言，拥抱亲吻，最后在众人的掌声里许下终生诺言。他们两个笑容灿烂，恬静温柔，真是天造地设的一对，看得底下我们所有单身狗都心生羡慕。大家都在欢声笑语中觥筹交错。

入夜，婚礼结束，晓缘已经换上了红色的中式旗袍，我们负责将他俩送上婚车，我跟在他俩的后面，只见老梁紧紧地握着晓缘的手，晓缘将头微微靠近老梁的肩膀，然后轻声说了一句："真好。"

真好，以前我总觉得最美好的三个字应该是"我爱你""我想你""在一起"抑或是"有我在"，可是今晚晓缘简简单单的两个字。竟让我不自觉地红了眼眶。

十二年了，他们能走到一起，真好。

6

也许是老天的故意为难，也许是幸福来得太过突然，也许是因为真爱要经得起苦难。

所有的幸福，戛然而止在了 2013 年的冬夜。婚车的司机酒驾，车撞上隔离带的时候，老梁本能地用宽厚的臂膀将晓缘牢牢抱住。他的头却重重地撞上了侧面的玻璃。

中枢脑神经瘫痪，从此之后卧床不起。

2016 年初，我过年回家到医院探望他们，那天病床里阳光很好，我正要推门而入。

就看见晓缘一边喂老梁吃药一边说：

"现在啊，我老是莫名其妙地想起从前，你还记不记得当年你送我那盆花啊？"

"记得啊，后来你不带去学校了吗，开花了吗？"

"没有，我都怀疑你是不是买错了种子，害得我等了一个学期都没见开花，后来它就死了。你还没告诉我那花叫什么呢？"

"雏菊啊，我没买错啊，我当时还特意问了老板雏菊的花语。肯定不会错的，一定是你自己不会养，把它养死了。还赖我。"

"哦，原来那个时候你就开始喜欢我了。"

"对啊，那个时候就喜欢你了，那你呢？"

"我啊，永远记得那年高考，我高烧39度，你奔跑着帮我去买药的样子，你那满头大汗气喘吁吁的样子我至今都忘不了。那个时候我就在想啊，这辈子，可能非你不可了。"

"哈，没想到，现在换成你天天喂我吃药了。"

两人沉默了片刻，我准备进去之际，又听见：

"是我拖累了你。"

"哪有。"

"这样你累吗？"

"不累。"

曾经我以为最动人的情话，是我在他们婚礼时听到的那句"真好"，抑或是比这还肉麻甜蜜的句子。

没想到，时隔三年，晓缘这两句简简单单的"哪有""不累"让我瞬间模糊了视线。

最怕的不是什么颠沛流离、山崩地裂、富贵贫穷，最怕的是这辈子生老病死、天涯两地，最终却没法与你好好在一起。

作者简介：小北，酷我原创电台"一路向北"知名情感主播，知名人气独立博客半岛网络电台台长，左右青春电台主播，畅销书作家。代表作《这善变的世界，难得有你》《遇见每一个有故事的你》。

▼▼▼▼▼

"我们都是孤独的个体，或许谁也解不开那孤独。可是，总有一扇窗，会让自己走向人群，走向未知的安慰。"

▲▲▲▲▲

此生此世我来陪你，好不好

文 / 韦娜

1

你会期待有这样一个人吗？他/她安安静静地陪在你身旁，无论你去哪里，他/她都会陪着你，从不吵闹，他/她瞪着无辜的眼神看着你，仿佛世界只有你，他/她别无所求，他/她的存在只是为了好好爱你。

遗憾的是，多半时候，这种期待是无法实现的。其实，陪伴在我们身边的或许只是一条狗。

2

从我的窗外望向一楼，总能看到一个老人和一条叫作安安的狗。老人坐在阳光下，安安趴在他腿边，如此安乐富足，好似流水年华。每次，只要他高声叫它"安安"，它就会开心地跳起来，蹦得老高，他叫过它名字，一定会丢一些零食，它多半会欢快地昂起脑袋，跳跃着，甩着尾巴，吞过食物，"汪汪"叫上两声。

我看他们在窗外玩耍，居然会心生羡慕。

老人是多么爱那条狗，为它买了一袋又一袋的零食，仔细看来，那食物大多是女孩会喜欢吃的，他喂得很认真，它也吃得很带劲。事实上，它已经很胖很胖了，走起路来，摇摇晃晃，几乎走不动了。有时，他会在阳光下一遍遍抚摸它的毛发，深情时，会落泪，安安就会摇摆着尾巴，耷拉着舌头，舔他的手，舔他的脸，好像是在安慰他。

老人好像一直是一个人，从未有人来看望他，他孤独地守着安安。

后来，听小区的一个女人说起他和狗的故事，我才知道了原委。

老人曾有过一个女儿，就叫安安。

整个院子的老人都神秘地说她命硬，并特意叮嘱孩子们不要与她玩耍。成长的过程中，孤独的安安一直争强好胜，好学且优秀。她曾对父亲说，想要去远方，去寻找母亲，不会像他这般懦弱，看着妻子离开，也不去追。

安安读了国内最好的大学，后来又去美国读研，回国后，在南方一所高校任教。她想带着老人离开北京，老人却不舍得离开这个住了几十年的院子，也舍不得那些老同事。

老人思念着女儿，他每天都在等她的电话，只要电话响起，这一天仿佛就格外有意义。

可是那天，他并没有等到她的电话，他赶紧拨打她的电话，也是一直关机。一种不祥的预感占据了他的心，他立刻买了车票前往南方，想去看看她。

还没有走到她所在的城市,他就接到了医院的电话。噩耗传来,女儿已经没了呼吸,只是一场车祸,就让她和自己阴阳两地。到了南方,他只能远远地看着她,那么美丽、苍白的脸早已失去了生动与鲜活。此时,她已不属于他,他明白若每日等不到她的电话,他活着还有什么意义。毕竟,在他心里,她依然是那个小女孩,蹦蹦跳跳,哭哭闹闹,有时沉默,有时说笑。终其一生,她最怀念最期待的人依然是母亲,她永远不知道,母亲生她时难产而死,这就是院子里的人说她命硬的原因……

父亲一直隐瞒她,只希望她能无忧无虑地活着,但一个出生时就失去母亲的孩子,怎能安然无恙地度过这一生呢?回来之前,他捧着骨灰盒,像捧着女儿的另一条命。

一个女孩轻声问:"仔细看看这个房间,你还想带走什么呢?"

他看也不看一眼:"唉,我没有什么想带的,且让这些东西随她去吧!"

这时,一条孱弱无力的小狗跑到他的身边,咬着他的裤腿,用无辜的眼神看着他,那一刻,他有些恍惚,以为是女儿在流泪,哀求他,带走它。他蹲了下来,抱起它,它伸出舌头舔了舔他的脸,好像认识许久的亲人,在等待救赎。

他用力地抱起它,手捧骨灰盒,突然悲恸地大声喊道:"安安,爸爸带你回家啦。"

他似乎倾尽全身力气,只为了喊着一句话,却没有掉下一滴泪。悲伤凝结在空气中,如一栋栋厚厚的墙壁,在黑暗中一点点压过来。

他身后,所有人都哭了。

3

回到北京后,安安就生病了,一直发烧,几乎死去,老人抱着它,把它搂在怀里,一遍遍为它擦拭酒精。它终于好了,他却病倒了,它又来到他身边,用舌头舔他的脸,用嘴衔着毛巾。它发现他病得很重,于是,它跑到阳台的窗户前,大声地哀鸣,那声音好像在说:"救救我的主人吧!"

幸亏有它,他才得救。

从此以后,他们相依为命,他觉得这就是女儿补偿自己的方式,而它也无比安心,被抛弃后,终于有了一个家。

据说,就这样过了十多年,他越来越害怕,害怕自己比它早走,没人照顾它。他也担心,它会比自己早走,谁来陪伴他。于是,有一段时间,他思考最多的是,究竟谁先离开,会更妥当一些呢?

日子过了一天又一天,他的担心终于成了现实,它先离开了,走得毫无征兆,只是趴在他的床边,用舌头舔他的手,不一会儿,就走了。

他没有流泪,好像还挺开心,这样的话,自己就能亲手埋了它,若是自己先走,那它就是一条野狗,谁会在意一条野狗的生命?至少,自己还有余力来埋葬自己,谁会埋葬它呢?

想到这里,他非常欣慰。

4

于是,他又变成了一个人,就坐在阳台下,每天看着日升日落,不再欢声笑语,他在等待一场死亡,将他带走。这场景总让我想起《老人与海》,老人不过是想捕捉一条很大很大的鱼,来证明自己是战无不胜的。

可是,随着他被那条大鱼带入深海中,他才明白,他并不想证明自己了,他只想那条鱼陪伴着自己上岸。

可是,他真正走上岸,又突然怀念他在海中所待的日子,那才是真正的奇迹,他早已赢得了那片海洋,那条鱼,但这些已没了意义。

他只享受与鱼搏斗的时刻，从没有人那么耐心地陪伴着他。

直到有一天，一个人打来电话，老人激动地小跑，一个踉跄，几乎跌倒。他颤颤巍巍地拿起电话："安安呀！我在呢！"

那边的人也心安理得地谎称自己是安安，说她缺钱，希望他打来一笔钱，老人明知这是一个诈骗电话，却依然拿着电话，不肯放下。他不想揭穿她，因那声音如此像女儿，他失去了女儿，也失去了一条狗，人生还有多少珍贵的东西可以失去呢？

他握着电话，终于流下了几十年来憋着的泪水，这泪水呀，夺眶而出，未能止住。太太去世，他没有哭；女儿离世，他没有哭；安安走了，他依然没有哭，却在这个陌生人的诈骗电话的牵引下，哭得如此伤心，他一边哭一边说，电话那边的人终于听懂，或许是良心发现，她喊道："爸爸，快去休息吧，我还会再打给你！"

老人终于得到了安慰，生命似乎又为他开了一扇门，那光芒如此闪耀，他迫不及待地想走进去。

你，站在世界角落的你，此时此刻，是否有人陪伴着你？你是否也期待有人陪伴？

我们都是孤独的个体，或许谁也解不开那孤独。可是，总有一扇窗，会让自己走向人群，走向未知的安慰。只要你的心有光芒，总有人会顺着它，不应自来。

而我们能做的，只是等待。

作者简介：韦娜，意林公益讲师，著有《世界不曾亏欠每一个努力的人》。
微信公众号：weixiaoyi5211

▼▼▼▼▼

"不认为一个人具备了宏大的理想和目标,才能被称为一个不苟且的人,我更欣赏那些只是单纯热爱着自己的生命,为了心底的愿望在默默前行的人。"

当知道自己要去哪里

文 / 点子

> 我们研究自己，最终是为了忘记自己。——铃木俊隆

我有一个远方的朋友，从小就颠沛流离，家境也不是很好。

一直到她工作以前都是三代人共同蜗居在一个很小的房子里，她的床四周有被铁丝穿起来的布帘子，拉起来便是她唯一的私人空间。她小时候就在里面搭块木板做作业，长大了也待在里面做梦。

她心里一直有个梦想就是去学跳舞，连做梦都常常绷直了脚尖伸长了手臂，可是迫于家境一直也没能去实现。

我认识她的时候她二十二岁，有着一份勉强糊口的工作，也已经独自搬出来租房子住。她说："真是奇怪嘞，我本来以为能拥有自己独立生活的房子就应该特别满足了，但那种新鲜感真的没有维持到一个月以后，因

为我突然发现自己还是那样强烈地想着跳舞的事儿。"

那个时候她仍然没有办法去实现梦想，因为除了房租和日常开销，她只能挤出一些零用钱去买关于舞蹈的杂志来看，拿她的话说就是过过眼瘾。先要生存下来，这是最实际的问题。

后来她结了婚，和老公一起创业，再后来创业失败，她老公去了酒店打工，她进入了一个集团公司做财务。那绝对不是她喜欢的工作，可是大部分的人都干着自己不喜欢的事儿，她也没有觉得自己委屈了什么。

后来的后来，她再也不提跳舞的事儿了，每天朝九晚五地上着班，一心一意地把公司的账本管理得井井有条，一晃很多年就这样过去了。

去年她三十七岁，有一天突然给我打来电话说，她已经辞职了，决定去学跳舞。她长长地吐出一口气说："终于可以去做这件事情了，真好啊。"我在电话这头都能强烈地感受到她内心的满足和愉悦。

可是我当时却是惊讶的，一直以为她已经不会再去想这件事情了，有很多的梦想其实都会慢慢地向岁月妥协，而且已经这么多年过去了，人不都是会变的吗？她心里到底是有一种什么样的力量，一直让她坚持着要去完成小时候的那个梦呢？

她说："你总说我不会生活，拼命地上班攒钱却不知道去享受，说真的，即使是离我很近的景区我几乎也没有去过，可我一点也没觉得委屈啊。其实工作时还挺开心的，大概是因为心里一直有跳舞的那个梦，它支撑着我去把不喜欢的事情也变得喜欢了。我心里时而会告诉自己说，看着吧，无论如何总有一天一定会去完成这件事情，哪怕今年我已经五十岁了，依然还是会去做的。"

当钱存到他们夫妻俩还清了外债，且足够她三年衣食无忧的时候，她就辞职了，特别坚决。而且没有人相信，一个三十七岁的女人并不是因为找到了更好的工作而辞职，她只是想对自己好一次而已。

走出那间办公室的时候，她说："我觉得自己的身体变得特别轻盈，内心仿佛找到了归属般的喜悦，那根一直拉扯我的绳索彻底地把我给拽了出来，像是被压了五千年的悟空冲出石窟那样痛快淋漓。"

我知道已经没有必要去问她了，到了这个年纪去学了跳舞未来又该怎样打算，她的内心如此清晰，清晰到没有任何的疑问。前几天，我给她发了条短信："跳舞学得开心吗？"她回："开心得不得了啊。"

真真切切地感受到她亲手触摸到梦境的那种满足感，一时之间，我竟然为她完成了自己长久以来的心愿而狂喜得不能自已。

这看上去也许是一个特别普通的故事，她并没有成为玛莎·葛兰姆一样伟大的舞者，她甚至到现在都还只是在学习最基础的舞步。而且因为年纪的缘故，她可能要付出更多的努力去做这件事情。

我的脑海里总是浮现出她的样子，她是那样安安静静地朝着自己想要去的方向，一步一步慢慢地前行，那种缓缓的力量，不急不躁，平静却又坚定。我特别能感同身受到那种梦想向上生长的力量，好像你就是知道自己永远也不会放弃，不会放弃去做那一件事情。

大概也并不是想要对未来的老年有个什么交代，只是觉得心里的那个声音，你不愿也不想辜负了它。

三毛曾说："梦想，可以天花乱坠。理想，是我们一步一个脚印踩出来的坎坷道路。"

曾经听过很多人的梦想，然而我觉得那并不是他们真正的梦想。一个声称喜欢摄影的人却一直没有时间去买相机，一个喜欢画画的人徘徊了很多年只是因为不知道该找哪个老师去学习，那些整天把说走就走挂在嘴边的人，也许连走出家门都是心有余悸的吧。

他们口中所说的喜欢，是真的喜欢，还是只是一时觉得喜欢呢？他们心心念念的诗和远方，到了最后是不是都变成了别人的诗和远方？但我深信，人心里一旦有了一种"信念"，是不会轻易去妥协的。这样的信念到了最后，可能已经不是一种形式而已了，就像那个朋友，我觉得她最后去实现的也许已经不是跳舞本身了,而是超越梦想的一种信念,一种对生活的信仰。

朋友的妈妈在得知她辞职的事情以后万分不解,在劝说无效后愤愤地对她说:"闺女,中国已经有一个杨丽萍了,不需要再有一个了。"朋友却是淡淡一笑:"可是妈妈,我并不想成为杨丽萍,我只想成为我自己而已。"

很多人不明白,有一些坚持并不需要那种赴汤蹈火的壮烈,也不是想要成为一个让人仰视的人。也许它简单到,只是单纯地喜欢那个时候的自己罢了。

朋友说,她在跳舞的时候能特别清晰地听见自己的胸口仿佛有开花的声音。我在路上迎着风行走的时候,也会听见那种声音。

我已经在旅途上行走了十四个年头。十四年来,几乎没有一天想过要停下脚步。之前不想停下来,是因为对什么都很新鲜,什么都满怀好奇。现在不想停下来,是因为在这个庞大的空间里,你越走越能从很多不同的角度去观察到这个世界以及这个世界里生活着的人们,也越能真实地感受到自己的渺小和卑微。

慢慢地,有一天你可能会突然害怕起来,害怕自己是一个对生命打不出底牌的人。所以,是万万不敢懈怠的。

内心里并没有藏着要把整个世界走完的决心,当变得不再那么狭隘的时候,你的目的已经不再是去和任何东西比较,只想在内心打开一扇窗户和自己安稳地对话。而这个对话的环境,有可能在路上,有可能在家里,可能到了最后,场地已经不再重要。

林清玄说:"人过了三十岁以后应该学会去觉悟。"我理解的觉悟是对这一场生命的负责。开始觉察到,自己是真正喜欢行走,却又不只是行走本身。在这个庞大的世界道场里,我从一个简单的人变成了一个丰富的人,最后却又回归到了一个简单的人。

一切只是因为，知道自己要去往哪里。

当年在旅途中第一眼看见以马内利修女《活着，为了什么？》封面上的这几个字的时候，我还没有思考过这样深刻的问题，活着为了什么？在这个问题面前一下懵住了。我不知道为了什么，真的是不知道。哪个才会是正确答案？又是谁说了算的呢？

我们那个时代的课堂里没有这样的课题让我们去思考，我们看到的更多是如何壮烈地死去。赖宁的救火、黄继光、刘胡兰的英勇就义……但是却没有一篇课文教我们，人为什么活着，应该怎样去活着。所以当突然面对这个话题的时候，真的让人不知所措。

虽然生命是一个庞大的课题，但是归根结底，我们并不会置身事外，我们不可能旁观自己的生命。因为你肯定不会指着自己的身体说，哦它生病了，哦它正在经历失恋和痛苦。你心里明明知道它有一天终会消逝，但就是要这样躲避着以为自己会永恒。

佛陀说："我们的存在就像秋天的云那么短暂，看着众生的生死就像看着舞步，生命时光就像空中闪电，就像急流冲下山脊，匆匆滑过。"

也许有一天，你可以尝试着把这急匆匆的生命当成一个倒数的仪式来看待，你不是长大了一天，而是又失去了一天。那时你会不会把心里那个念头默默地坚持下去呢？而不只是看着它而已。

不久前，许巍的一首《生活不止眼前的苟且》在一夜之间触动了很多的人，"生活不止眼前的苟且，还有诗和远方的田野，你赤手空拳来到人世间，为找到那片海不顾一切……"有人突然醒悟了，哦，原来我一直在苟且地生活着，但是我又该怎样做才能不苟且呢？去读诗就不苟且了？去远方就不苟且了？这样去想的人，走到哪里都应该还是在苟且吧。

不认为一个人具备了宏大的理想和目标，才能被称为一个不苟且的人，我更欣赏那些只是单纯热爱着自己的生命，为了心底的愿望在默默前行的人。不管会走多远，会走多久……

当你知道自己要去哪里，生命就是喜悦的。

作者简介：点子，旅行作者，一个在路上不断寻找答案的人。
出版作品：《说走就走》《不怕路长 只怕心老》《没有人相信 我曾见过你》。

▼▼▼▼▼

"当我们放下追逐与炽烈,即便知道平凡才是最后的答案,可能也只是自我安慰。"

▲▲▲▲▲

我依然选择不疑真心，我依然选择全力以赴

文 / 小岩井

金庸的武侠世界，有几个始终未曾露面，只活在传说中的人物。

比如留下独孤九剑、玄铁重剑和神雕的独孤求败，比如创造了《易筋经》的达摩祖师，以及《射雕英雄传》中的绝世武林秘籍《九阴真经》的作者——黄裳。（话说这名字听起来跟皇上一样真的不犯冲？）

今天，我来说说黄裳的故事。

黄裳年轻的时候在福州当文官，后来因为研究一部道教经典无意中打通任督二脉，练得神功。再后来受皇命征讨明教，杀了不少明教高手，遭到围剿，黄裳自己虽然逃了出来，其家人却惨遭屠戮。为了报仇，黄裳在山中躲了多年，潜心研究敌人的招式，准备复仇。等到有一天终于搞清楚所有破解的方法出山了，却发现曾经的仇敌全都已经老死了。唯一找到的

一个，是当年才十六七岁的小姑娘，如今已是病入膏肓的老婆婆了。

但见那老婆婆躺在床上只是喘气的动静，都不用他动手，眼看也要没气了……看着曾经仇人落得如今病态，黄裳几十年的深仇大恨忽然在一刹那烟消云散，敌人没了，仇恨也没了，忽然回想这悲戚痛苦的几十年，苦苦忍耐的半辈子，又是为了啥呢？

黄裳一声叹息，还亲手给那老婆婆喂粥服药。老婆婆还觉得莫名其妙。黄裳心想："原来我也老了，可也没几年好活啦。我这几十年，又是在忙个啥……"

就像李宗盛在《山丘》里唱得那样：

越过山丘

虽然已白了头

喋喋不休

时不我予的哀愁

曾有个高中生，暗恋同班一个姑娘，两人关系虽然亲密，却始终处于好朋友的位置。

这是常有的事。

不过这个少年他有些早熟，思想比较理性，虽然很想表白，却觉得即使高中在一起了，也不一定长久，说不定还影响学习，高考要是考不好，到头来还是不能在一起。于是他努力读书，准备在高考取得好成绩以后再告白。

功夫不负有心人，高考考得不错。他春风得意，准备一鼓作气在散伙饭之后表白。然而女孩子却告诉大家自己要出国了。于是理智的他，再次选择了深埋心中的秘密。

多年后，在那个远隔大洋的国度，两人因缘际会再次见面。已然褪去青涩的女孩笑着坦白心迹。

"说实话，我高中的时候挺喜欢你的，也一直以为你是喜欢我的，不过你从来没说什么逾越的话，我想是我想多了。"

他沉默了一会儿。

"我那个时候是喜欢你的。"

女的也沉默了一会儿，随即笑了。

"说晚了，我已经是两个孩子的妈妈了。"

"我安慰你的，你也信哈！"

"就知道。"女人笑得更甜了。

那晚他在酒店阳台喝了一晚上酒，面无表情，淡淡地听着陈升的《牡丹亭外》。

这世界有点假

可我莫名爱上她

黄粱一梦二十年

依旧是不懂爱也不懂情

3

这两年的互联网热潮，让很多人找到了新的风口，完成了人生的逆袭。

几年前认识一个做 APP 创业的程序员，这两年每天苦兮兮地加班熬夜，去年终于拿到了融资，一下成了励志典范。然后他女朋友跟他提出了分手。

他不可置信地问我："我不明白，以前我没钱的时候，她愿意跟我吃苦也没有怨言，为什么等到我有钱了，反而要离开我？"

"你问她啊，我哪知道？"

"她只是说，你让我失望了太多次，只是你自己都没有发现。到了后来，我也懒得去幻想你会改变，之所以在你最困难的时候没走，是因为不希望你受到额外的打击，以及以为我是个势利物质的女人。"

"挺好的姑娘。"

"我知道，我创业的时候太辛苦，而且脾气也不好，经常不理她，也经常对她发脾气，可是这些都过去了，为什么一切都开始好起来了，她反而不肯相信我了呢。"

"你知道金属疲劳吗？"

"什么鬼？"

"简单来说，就是你拿个铁勺，然后双手反复用力去折，一开始可能没有什么变化和动静，可是在某一瞬间，所有受力产生的作用开始显现，'啪嗒'一下，勺子就断了。"

"……我有些明白了。可是就不能重新开始吗？"

"可能对于某些人来说，一个东西坏了就坏了，失望过多就是没感觉了，你想找回的不是她，而是曾经那个陪你同甘共苦，一起有过共同经历的回忆罢了。"

"我一直以为，只要赚了钱出了名，爱情就会更加牢固。可是……我还是搞不懂女人心……"

"当你所有的目光都放在人生的高山之时，你会以为爬上山顶，就能拥有一切。等你到过了高山，你才会发现，原来生活才是更高的山。"

"越过山丘，才发现无人等候。"他突然哼了起来，随即又叹了一口气，"现在算是听懂了老男人的歌……"

给自己随便找个理由

向情爱的挑逗 命运的左右

不自量力地还手

直至死方休

何妨呢，我知道他当时很难受，可是用不了多久，也许一年，也许一个月，就会有新的诱惑和刺激出现，会有新的山丘等待他去翻越。

男人，女人，总是不缺的。大家缺钱缺时间缺人脉，就是不会觉得真心有什么好缺。

人类都越来越聪明了，痴情和专一这种特质，也被视作傻人的行径。当所爱之人变得和自己想象得不一样，选择忍耐，那逐渐被看成是自我糟蹋。越早离开，越多祝贺。

我还是不喜欢去判断对错，情爱总是结苦果，幸福到底是对谁说。

只因童话故事的结尾，总是没有续篇。

《东京日和》中，摄影师荒木经惟对于亡妻的细腻思念与追忆让人动容，可是谁又能保证，如果妻子依然健在，爱情是否还能长存？

也许爱情故事最美好的结局，就是在你们还深爱的时候，另一个人率先死去，从此只有一个人深深的想念与回忆，不再会有无常的挑拨与分离。

什么仇恨啊，什么深爱啊，多少春秋大事变成白纸黑字也只是一翻而过。时间是最强大的存在，你的悲欢离合，你的千里婵娟，你那些撕心裂肺却没有死去的瞬间，等到韶华白首时，会发现许多自以为铭心刻骨的爱与恨，却真的不过只是一转眼。

一转眼爱人变路人，一转眼朋友变仇人，一转眼功成名就，抑或碌碌无为几十年，儿孙绕膝淡淡地笑，好像生来就是如此闲散之人。

不过一转眼的工夫，白云悠悠，蓝天依旧，一个人的心里，犹如小池涟漪，复归平静。 彻底的爱与恨，都让我们不再麻木，然而活得疲惫。

当我们放下追逐与炽烈，即便知道平凡才是最后的答案，可能也只是自我安慰。

我依然选择不疑真心，我依然选择全力以赴。

怀疑与倦怠始终不是一件愉快的事情，傻一点的人总选择相信，总是会用力过猛，可我总觉得，貌似他们这样，才比较幸福。

这样，才像真的活过之人。

作者简介：小岩井，平生三好：猫，酒，书。
常年混迹于豆瓣、知乎、网易云阅读等网络社区。
才华横溢，文字灵动，时而深刻，时而幽默。
笔下一个个鲜活生动的故事，碰触灵魂，温暖人心。
已出版《我依然爱你，我只是不喜欢你了》。
微博ID：@黑白小岩井

▼▼▼▼▼

"也许天真和世故没那么势不两立,只是为了让我们的信任有更准确的地方安放,而最终我们需要贯彻的初心,只是诚实与善意。"

▲▲▲▲▲

文 / 两色风景

　　某个时候我有个朋友,在此隐姓埋名称为竹林。竹林在日本留学,懂日语,也能画两笔,对日本文化爱得深沉,遂将居日经历画成了漫画。我结识她就是缘于她在网上发布作品,对日本的相同情结让我们成了朋友。

　　碰面是在多年后。我们都不再是学生,而是自由撰稿人,我写作,她画画,名气都有限。我们在一个与己无关的颁奖礼上碰头,一见如故地畅聊数小时。日本的种种萌点,影响彼此的动漫,这些年的苦苦奋斗,这人那人的八卦逸事……那是一次愉快的会面,当晚我吃多了意大利面而导致半夜起来狂吐更是加深了我对那天的记忆。

　　那之后,我和竹林交换了联系方式,互相关注了微博,互动变得稳定起来。竹林发一张踩黄叶的文艺图,我点评一句"这就是传说的涉黄吧";我转一条荒川弘的创作名言,她深以为然地点赞;我们都对国漫一度停滞的真相愤慨,也在聊起日本学园祭时眉飞色舞;我们对高木直子看法不一，对喵星人的好感却很一致……

竹林在上海经营着她的小工作室，艰苦但乐在其中的样子，翻翻她的日志，我会感到一丝动力。有时听她说"我们都是大摩羯"，就有种战友般的相惜感。我的发展一直颇顺，没见过大世面没吃过大苦头，而竹林一个女子却背井离乡走南闯北，我是有点佩服的。

事缘竹林开始组建一个赴日旅行团。那是与一家旅行社合作的企划，她担任导游与特约嘉宾，总之就是带你在日本玩耍。虽然那时竹林还不是太红，但影响力所及范围，人人都为她贴上"日本通"的标签，至少我一听说这事就立刻跑去抱大腿，强烈表达同行的渴望。

竹林的团相当贵，行程却貌不惊人，那时"订制旅行"还不是那么流行，但我坚信没什么比地头蛇带队更棒了。我向竹林要到了两个名额，我和我家的小兔。等待旅行的日子我很兴奋，甚至将行程贴到群里炫耀，两位同样做旅游的朋友看过后提出了质疑，千言万语汇成一句话就是：这么水又这么贵的行程确定不是杀熟？——我便安慰他们：想多了。我和竹林可是朋友啊。

竹林是旅团的明星，但具体的领队一职是由她合作的旅行社的人担纲，我们叫那女孩"团长"。团长来收旅费时，我因为刚被朋友一通调教，便随口问她是否有旅途的开销明细。答案是否定的。团长列举了红叶季订房的种种难处，强调了竹林带团的加分因素，可以说这根本是一次赔本赚吆喝的诚意之旅……因为语气不是很友善，我的回应也便有些生硬，到最后团长索性表示，我若质疑那就不要参团。

竹林来找我，说手心手背都是肉，还温柔地安抚一番，并对此行的质量做出郑重承诺，说得我深深惶恐自己的多此一举，更为与团长发生冲突而后悔。于是我向竹林与团长分别致歉，迅速交钱，对此行不再有任何顾虑。

接下来我感到轻松而愉快。是的，给我一段解释，我就能坚信朋友不会骗我。我一直都这样。

出发的日子到了，我在上海第二次见到了竹林，也见到了团长，带着窘迫与她交换了一个"不愉快的就让它过去吧"的共识。令我有些哭笑不得的是，团里只有我一个男的。

旅行就这样开始了。那是我第二次去日本，新鲜的激情仍在，秋天的关西更是美得让人透不过气。奈良看鹿看银杏，京都看寺看枫叶，锦市场琳琅满目的精品，心斋桥游人熙攘如织的景象，无不令人印象深刻。我们每天辗转于不同的酒店与美景，好心情按说是不间断的，却总会感到有哪里不对劲。

"跟竹林旅行"的幻想，已渐成幻灭。她的日语并不如宣传的流利，数次脱队去做自己的事情，安排的那些有别其他旅行社的"特色环节"要么言过其实，要么半途而废，整体上与那些上车睡觉下车拍照的常规团没有不同——除了更贵。

我开始意识到一个事实：这其实是一个针对粉丝的团，最适合"有竹林陪着就够了"的那类人群。粉丝滤镜足以化一切腐朽为神奇。再不然你至少像团里一些要求不高的妈妈那样，左手买买买，右手拍拍拍，这两项满足了，心情也就满足了。再再不然，你得不差钱——团里几个家境不错、游学经历丰富的妹子私下给这个团打了差评：不新鲜的食材，不干净的房间，以及传说中"极难订到"、实际去柜台一问却相当经济的酒店，无不透着水分。但这些妹子纵有不满也是一笑了之，觉得跟团就是这样了，下次自己走。

所以格格不入的，反而是不算竹林的脑残粉、又渴望适度性价比的我和小兔。然而一开始就是我赶着要参加，中途有退出的机会也还是留了下来，没人逼我，我怪谁呢？

也许我只是怨念，如果竹林早知道这是个会影响交情的旅行，何不一开始就拒绝我的请求。就像我绝不会推荐朋友看我自己不满意的作品。

此外的别扭，还来自团长。旅行期间，她对我频繁进行当众调侃与捉弄——作为旅团唯一的异性担当，我自觉有义务扮演一个活跃气氛的捧哏角色，可当有些吐槽未免太没分寸时，还是会忍不住往"公报私仇"方面去想。

这些复杂的心情持续到一个邮局前，团友们去买明信片时，我和竹林坐着闲聊，她忽然问我觉得这趟旅行如何，我挣扎了一下，说还行。她松了一口气，说她本身也没有带团经验，很多时候还是被合作的旅行社牵着鼻子走，突发状况又意外得多，总之招呼不周真是抱歉……她又说起创作，说自己的梦想仍然是画画，带团只是养活梦想的兼职。她又说起我们共同喜爱的漫画、共同认识的朋友……恍惚中竟似回到了大家第一次见面那天，那一刻我忽然原谅了竹林，她的确做得不好，但本来也不是专业导游，我作为朋友何苦苛求？这的确是个坑爹的团，但我愿意相信多是旅行社的问题，只针对她未免太不公平。

我再次感到一阵轻松。是的，我可以接受吃亏，损失钱当然肉痛，但好歹那不是因为朋友的心机。

不过，当竹林提出让我在微博宣传她的团时，我仍只能敷衍以对，理解是一回事，协助打虚假广告又是一回事了。

终于，来到了旅行结束的前夕。当晚入住一个温泉旅店，泡完温泉我独自在房间里写作，小兔很晚才回来，进门脸色不善，倒吸着凉气问我："竹林真是你朋友？"

我说："是啊。"

"你有多了解她？"

"怎么了？"

小兔接着说的话，给了我前所未有的打击。

事情发生的时候，团里除了竹林与团长外的女生正聚众吐槽此行，忽然竹林与团长出现了，于是话题紧急改变。大家聊了会儿其他的，竹林神秘地问："你们知道吗，在我们团里有一个极品。"

大家安静下来。有人看小兔，毕竟团内唯一不在场的只有我。

竹林随即开始讲述我与团长的摩擦，着重声明了本次旅行根本是殚精竭虑贴钱在做，而我竟不信任她想要明细，实在是太可笑了……

"高价位高门槛，始终挡不住低素质啊。"小兔气愤地复述竹林的话，"她还说了很多诸如'千万不要找这样的对象'之类的话，还盘问我到底是看上你哪一点……而且你知道吗，你跟团长吵架的时候，竹林其实就在团长身边，全程观看，她还教团长怎么激你，完了去安慰你，一个唱红脸一个唱白脸……"

小兔气愤地说完，我的脑子几乎一片空白，想着怎么会这样，作为消费者想了解明细有那么不可理喻？而我后来不仅放弃了了解，甚至还对团长感到抱歉，乃至察觉到这个团的问题后，也还努力谅解了竹林的难处，我甚至多次替她安抚其他团友，只因为我们是朋友！所以她怎么还会那样看我？为什么要在一切马上过去时来这么一出？

顿时团长那些没轻没重的玩笑，再不可能像是在活跃气氛。

而我最无法理解的是，为什么她俩要当着小兔的面说出这些？背着我们说，无论多不堪我反正都不会知道。如今这俨然是对小兔的公开羞辱（小兔从未跟任何人吵过架，面对那种境况只会全程尴尬，她的软柿子性格全团皆知），而且她应该想到小兔会转达给我，所以这是一种迂回的挑衅？还是说她有某种自信，认为我即使知道了也不敢把她怎么样？

现在想想，当时真应该直接去找她翻脸。

可比起愤怒，我久久陷在一种反应不过来的错愕中。

在人际关系方面，我一直是温室中的花朵。我的朋友很少，基本演变自同学与网友，彼此的交往单纯而历久弥新。我没有经历过钩心斗角的职场，带着明显的目的性来接近我的，一早就已保持了距离。因为没发生过需要两肋插刀的大事，所以我不知道也不去想我和朋友们在彼此心中有着怎样的分量，但哪怕我们只是玩伴，哪怕不是独一无二不可或缺的那种存在，只要还能保有对彼此的尊重，那"朋友"总还是一个美好的意义。

也许我真是被那种单纯的氛围保护得太久太好了，竹林是生平第一个让我体验到被背叛是什么滋味的人。有那么一瞬间，我甚至希望这是小兔编出来骗我的——但那样的念头来不及成型就已破灭，如果说世界上我只了解一个人，那就是小兔了，她不会骗我，所以那些伤害是实实在在的。

耿耿于怀一夜后，再见竹林，恍若隔世。她再与我招呼攀谈，我也没了丝毫心情。旅行结束在即，每个人都在谈笑风生，我则是连强颜欢笑的气力都没有。我忽然发现大家都很成熟。私下对竹林不满的表情我还记得，而看现在的气氛，这次旅行俨然是她们人生最美满的记忆。

日本回来后，我与竹林不再联系，似乎她也有所察觉——或者这本就在她意料之内，总之老死不相往来势成定局。但我们还没有删掉彼此的联络方式。偶尔在竹林微博看到她对此行报喜不报忧的总结与不知情者的艳羡，我也会想，是否该把这事情写上网络拆台？但包括小兔在内，所有知情者都劝我放弃。"你玩不过她的。"一个朋友笃定地点评这场游戏，"你这人说好听点是单纯，说难听就是蠢，显然她吃透了你的性格才敢这么放肆。人们会本能地同情女性，你一男的公然跟女的吵架，里面还涉及钱，别人会怎么看你？"

我说："我不在乎别人怎么看，我得出口气。"

"以我对你的了解，你受气的可能性会更大。"朋友说，"肯定会有人帮你说话，但也有人会帮她。最后演变成口水骂战。你不会喜欢的。"

我说："换了你，你能这么便宜她？"

"不是想便宜她，是相对你会耗在这事上的时间以及可能受的伤害来说，现在打住对你是最好的。再者就算你撕赢了又怎么样？比你这大一百倍的新闻说过去也过去了，比她黑心一百倍的人被扒皮了现在也照样混得好好的。人不要脸天下无敌啊，而网络这个环境，说白了还是看热闹的居多。"

类似的奉劝不断冲刷着我的三观。可能我真的就像了解我的人说的那么幼稚。在我心里，被欺负了最直接痛快的反应就该是打回去，怎么会有那么多的瞻前顾后呢？

但我还是忍住了找她吵架的冲动，因为一个朋友最后说的话勒住了我，他说："你小心反而帮她做了宣传——也许她要的就是这个。"我的确见过有人在微博因为"黑"而大肆涨粉。也许那句话真的没错，看客要的只是热闹。而我其实并没有当众吵架的魄力。或许我一直在期待有人说服我别再蹚这趟浑水，就像当初期待竹林对我承诺"我不会坑你"。

这么过了一阵子，虽然想起就还是不舒服，但我仿佛真的可以渐渐远离这事了。这时竹林反而找来了。她要将我们在日本拍的集体照放上网做宣传，希望我同意。旅行期间，她曾擅自将我和小兔的照片公布，惹来委婉的抗议。而此刻，不管出于不愿爆照的习惯，还是单纯不愿她称心如意，我都表示了反对。我说实在要的话，你可以给我们的脸打码，网上也流行这么做的。

竹林显然不悦。她很有效率地发来打码照。我们的脸被处理成日本灵异文化里街知巷闻的那种效果，在著名的电影里，拍出这种照片的人命不久矣。

这近乎挑衅的举动，让我再也没办法保持理智了。

于是，到底是撕下了和平的假面具。我在斥责了照片的事后，终于把她背后对我做的事搬到她面前讨个说法，竹林一听，立刻称她绝无恶意，只是玩笑——这样的诡辩也正在那些阻止我的朋友的预测中，然而跟团长勾肩搭背商量怎么应付我也是没有恶意？一言不合就画灵异涂鸦也只是在开玩笑？琐碎的针锋相对发展到后来，演变成竹林一口咬定"身正不怕影子斜"。兜了个圈子，缩小了动静，我到底是体验到了那场没有大规模上映的口水战会有怎样的剧情走向。最后还是他们说对了。"你玩不过她的。"一吐为快并没有让我更轻松，反而因为竹林的四两拨千斤而更加恼怒，似乎一切是我玻璃心，是我小题大做，是我无情无义无理取闹。想想这种言论如果还有帮腔的，真是不知道要气成什么样。

吵到后来，当我下意识地想学着一些老手那样，截图保存下我跟竹林的聊天记录以备不时之需时，我忽然对自己感到了陌生。我真的打算把这变成持久战、把未来好长一段时间的心情垄断在这种"无论如何我也不会让你好过"的纠缠中吗？我是这种人设吗？这何时才是个头啊？

那天的争吵怎么结束的，我忘了，它带来的最大收获是我终于可以名正言顺将竹林的一切从我的世界拉黑了。刚开始还会忍不住脑补她在我观察不到的地方落井下石，渐渐连这也放下了，彻底不要再有交集了。

但这件事带给我的影响却是悠远的。可能真是太不成熟了，许多人能看淡甚至习惯的事，在我这里成为过不去的坎。从此我再不敢轻易跟谁交浅言深，甚至面对一些已有感情基础的朋友，也忍不住要预设一个"知人知面不知心"的退路。我知道"一朝被蛇咬，十年怕井绳"是一种反应过度，然而讽刺的是，这还真让我规避掉了一些别有用心的"朋友"。毕竟成人的世界里，纯以"友情"为需求的人际关系实在太少——或者说，"友情"必须是某种利益的附庸。这种情况下，强求"纯粹"更像是一种任性的洁癖。

——若有人给你任性的权利,请一定要珍惜。

虽然说不出"感谢"这种离奇的话,但客观上,竹林给我上了宝贵的一课。在我心里,这件事之于我看世界的方式有着分水岭般的意义,也是我终于把它写出来的原因。那之后我有了反思的习惯,感恩那些能让我毫无保留信赖的人,也将心比心,希望自己对别人也能是那样的存在。

也许天真和世故没那么势不两立,只是为了让我们的信任有更准确的地方安放,而最终我们需要贯彻的初心,只是诚实与善意。

无论什么时候,都要做一个善良的人。

> 作者简介:两色风景,百万级畅销书作家。网络红人、动漫达人,是拥有四百万拥趸的知名段子手。
> 已出版《一切安排都恰到好处》《少年空侠》《宅男腐女神马的最讨厌了!》等。

▼▼▼▼▼

"她失足跌落进回忆的万丈深渊里,像凋零在深秋的最后一片树叶,放任着自己的悲伤。"

▲▲▲▲▲

半情歌

文 / 欧阳小槿

　　黄昏时分，忽然起了风。仲春的上海，竟是满地残红。樱花早已落败，芍药未开，倒是墙角的刺玫开得分外热闹，像极了下班时熙熙攘攘等车的人群。站台上依旧挤满了人，列车轰隆隆开过，穿堂风将顾小悠额前的碎发掀起，她低头盯着手机，浑然不觉。如果不是陆洲在背后推了她一把，谁也不知道她要在车门前站多久。陆洲没有说话，随着上车的人群流进车厢里，好不容易找了个可以站脚的地方，却发现顾小悠还呆呆地站在车门口，像是被抽走了魂魄的行尸走肉。他正犹豫着要不要开口叫她，警示灯闪了几下，车门"哐当"一声合上了。他隔着车窗看她，心里翻涌起巨大的悲哀来，这悲哀的情绪，一时间翻起巨大的浪，劈头盖脸打下来，让他毫无招架之力。似乎，他和顾小悠之间，永远都隔着厚厚的围墙，他在墙外徘徊等待，而她，永远无动于衷。陆洲艰难掏出手机，在地铁开动前，迅速按下相机快门。嗯，顾小悠，再见。

蒋菲发来一张照片，照片里的女孩子很是陌生，长长的头发，弯弯的眉毛，眼睛大大的，嘴角微微扬起，笑起来的样子，竟然有些熟悉。

"喂，小悠，你有没有觉得这个女孩子，跟你有些相似？尤其，是眼睛和嘴巴。"蒋菲噼里啪啦发过来一行字之后，销声匿迹。

顾小悠是在等地铁的时候，收到这条消息的。她盯着照片认真看了很久，奇怪，明明是一张陌生的脸，但这女孩儿笑起来的样子，真的跟自己很像。

"这是谁？"她在对话框里打出一个问句，却又在光标一步一步地倒退里，将它删除。何必，要装作不知道呢？她明明早就看到了他朋友圈里更新的内容，有人起哄，说不要秀恩爱了，赶紧结婚吧。他说，结婚吧，同时艾特了照片里的她。顾小悠一直在纠结，要不要去点个赞，或者，若无其事地跟着其他人一起，催促他们结婚。只是，犹豫了许久，她还是选择默不作声，就当作不知道吧。反正，装聋作哑这样的事情，她再擅长不过。

如果不是蒋菲的那句话，顾小悠根本不会去仔细研究照片里女孩儿的长相，嗯，不得不说，那女孩儿倒真的跟自己有几分相像。这个结论，让她一下子僵住了，她听不见周遭的喧闹，感觉不到迎面扑来的风，整个人一下子掉进回忆里。

这漫长的回忆，像从黑暗里突然伸出的利爪，在顾小悠的心上，狠狠地抓了一把，那些经年的伤痛，从冒出的血珠里，慢慢开出一朵又一朵黑色的妖艳的花。就像是结痂许久的伤疤，重新圮裂，暗红色的血液从裂缝中蜿蜒而出，那样带着麻木的疼痛，竟像是浸泡了罂粟的毒酒，让人难以自持，难以抗拒。她失足跌落进回忆的万丈深渊里，像凋零在深秋的最后一片树叶，放任着自己的悲伤。

"小悠，要是我们一辈子都能在一起，该有多好。"

"顾小悠，不要怕，有我在哦。"

"喂,顾小悠,今天,有点儿想你。"

"你知道的,在我心里,你跟别人,不一样。"

"我们,报考同一所大学吧。那样,我们就能在一起了。"

"顾小悠同学,你为什么不喜欢我?"

——来自郁然

  那一年夏天的阳光,似乎格外明媚。蒋菲坐在教室右边靠窗的位置,整天塞着耳机,哼唱的永远都是周杰伦的歌。她的读书笔记上,记满了歌词,当然都是周杰伦的。为此,语文老师曾经几次三番把她拎进办公室进行三观教育,她每次都坚决表态要痛改前非,但每次都是食古不化。最后,她那个教数学的老爸发了脾气,把她房间里所有关于周杰伦的东西,海报、CD、杂志、手机,还有她那本爱如珍宝的读书笔记,一把火烧掉了。蒋菲绝食了三天以示对抗,却终于在饥饿大军的围攻下,缴械投降。

  为了听周杰伦的歌,蒋小姐不得不曲线救国,一路过五关斩六将,横冲直撞,雄赳赳气昂昂地加入了校园广播站,所以每当她当值,校园广播就成了周杰伦的个人演唱会,当然这都是后话。

  顾小悠是被蒋菲生拉硬扯,拖进广播站的。广播站纳新的通知一贴出来,蒋菲就一阵欢呼雀跃,兴高采烈地拉着顾小悠去报名。顾小悠连忙摇头,说:"蒋小姐,您还是饶了小的吧。广播站那种地方,岂是我这等刁民随便去的?"蒋菲不依:"顾小悠,平常早读课,读到后半截,整个教室就剩你一个人的声音了,依本小姐看,广播站十分需要你这种中气十足、战斗力持久的姑娘。你放心,我打头阵,那些个豺狼虎豹,见了我保准儿溜之大吉。"顾小悠吸吸鼻子,嘀咕:"最大的豺狼虎豹可不就是你蒋大小姐吗?"

  蒋菲铆足了劲儿要去广播站,除了因为周杰伦,还因为郁然。郁然的父母都是学校的老师,住在学校对面的家属区里。蒋菲和郁然很早就认识，她之所以对广播站纳新面试一副志在必得的样子，大概因为郁然刚好是广播站的站长。

顾小悠没有见过郁然，只是偶尔会在校园广播里听到他的声音，嗯，还好，不讨厌。

面试当天，蒋菲拉着刚刚午睡还没完全清醒的顾小悠往广播站一层的会议室跑，会议室门口站满了报名的同学，大家手里都拿着提前写好的广播稿，为接下来的面试做准备，而蒋菲和顾小悠，两手空空，什么都没准备。蒋菲的读书笔记早就被她爸一把火毁尸灭迹了，蒋菲一筹莫展，顾小悠望望天；蒋菲急得团团转，顾小悠望望天；蒋菲眼巴巴看着其他同学，顾小悠望望天。

"对了，顾小悠，你不是有一本随笔吗？就是你逮着空就写一段的那个绿色的小笔记本，你去把那个拿过来。"蒋菲戳了戳在一旁望天的顾小悠。顾小悠作惊恐状："诶，这个，不太好吧？要不还是把我的读书笔记拿来吧。"蒋菲不乐意："听我的，准没错儿！原创的才更有杀伤力。"

蒋菲声情并茂地朗诵了顾小悠写的一小段诗歌，那诗歌写得含混不清，朦朦胧胧，让坐在候选区的顾小悠满脸难为情。蒋菲却十分得意，朗诵完了，还特别补充了一句："咳咳，这诗歌的作者叫顾小悠，喏，就坐在那里。"所有人的目光顺着蒋菲手指的方向望去，就看到了满脸通红，十分尴尬的顾小悠，嗯，那是一首描写暗恋的诗，大意是这姑娘对某个男孩子一见倾心，就总在两人第一次见面的地方徘徊，蹲点儿，希望能再次遇见。

郁然就是在这个无比尴尬的时刻推门进来的，大家的目光齐刷刷地射向突然闯入的这个人，顾小悠抬头望过去，脸，更红了——没想到再次看见他竟是这样的场合。

郁然径直走到评委席，看了看蒋菲，不着痕迹地笑了笑。蒋菲十分得意地坐回顾小悠身边，推了推她："喂，到你了！"顾小悠一副求饶的表情，可怜巴巴地望着蒋菲，意思是，蒋大小姐，我能不能不去？蒋菲不理她，大声说："下一个，高一（16）班，顾小悠。"

顾小悠磨磨蹭蹭地起身，磨磨蹭蹭地走到面试区，还没开口，评委席抛出来一个问题："顾小悠，刚才那首诗真的是你写的？"顾小悠点点头。"早就听说，高一（16）班有个文章写得很好的顾小悠，原来就是你。"顾小悠点点头，忽然觉得哪里不对劲，又连忙摇摇头。候选区传来一阵哄笑。

顾小悠不记得自己是怎么结束面试的，大脑一片空白，手心一直冒汗，心脏一直"扑通扑通"跳个不停，她甚至看不清坐在评委席正中间的郁然脸上的表情。

蒋菲如愿进了广播站，顾小悠不出意料地败北，却意外认识了郁然。

蒋菲重感冒，嗓子完全哑掉，找不到人换班，就想起了顾小悠。看蒋菲可怜的模样，顾小悠勉为其难地答应。当然，背景音乐清一色都是周杰伦。

关了话筒，将播音室整理妥当，走出广播站的时候，不知道什么时候起，外面竟然下着雨。广播站门前的积水已经足以没过脚踝，浓密的乌云盘踞在头顶，雨势很大，丝毫没有停下来的意思。两个人正无计可施，远远看到郁然打着伞跑了过来。蒋菲让郁然先把顾小悠送回女生宿舍，再回到广播站接她，他们一起回家。顾小悠连忙摆手，说："不用了，不用了。我自己可以的。你们赶紧回家吧。"说完，冲进大雨里，很快就跑得不见踪迹。郁然看得目瞪口呆，这样的女孩子，倒是少见，不过，为什么，她每次见我，都避之不及？

蒋菲笑他："你还以为真全世界的女生见了你都会神魂颠倒？"

嗯，不得不说，郁然的确长得很好看。虽然不至于倾倒众生，但的的确确倾倒了顾小悠。

顾小悠第一次见到郁然，是在学校医务室里。军训的时候有些中暑，她去找校医拿药，郁然因为踢球伤了膝盖，在医务室打点滴。她进去的时候，就看到安静地睡着的他，长长的睫毛在阳光里微微地抖动，鼻翼上有细密的汗珠，嘴角挂着淡淡的笑，顾小悠从来没有见过睡觉的样子这么好看的男孩子，他睡得安稳而平静，让燥热的盛夏变得静谧安宁。她似乎觉得，因为中暑而胀痛的脑袋，在看到他的那一刻，都舒服了许多。

有一段时间，顾小悠很喜欢去医务室转悠，却再也没有遇见过郁然。不过，话又说回来，谁有事儿没事儿总跑医务室去？

郁然不止一次听到过顾小悠的名字，新生入学，开学典礼上，作为新生代表发言的，就是顾小悠。她太紧张了，发言的时候，双腿一直发抖，不过，声音伪装得很好，并没有出现什么纰漏。那天，郁然是典礼的主持。

下台的时候，顾小悠差点儿从台阶上跌下去，是郁然及时伸手，扶住了她。她低头道谢，逃也似的回到班级队伍里去。对于这个插曲，顾小悠一直表示没有印象，可是郁然却记得很清楚，他曾经说："你知道吗？顾小悠，这世上所有的相遇都是有预谋的，比如，我和你。"

郁然有时会过来找蒋菲，每次来，教室里都是喧哗声一片。蒋菲昂首挺胸地在众人瞩目中走向他，脸上满满的都是喜悦，顾小悠当然知道那层喜悦背后的意义。只是，每次郁然带给蒋菲的东西，都是双份，蒋菲一份，顾小悠一份。大家都羡慕顾小悠交了蒋菲这样的朋友，简直是一人得道，鸡犬升天。

顾小悠将东西一股脑儿还给郁然的那个傍晚，她说："郁然，我并不是蒋菲的分割体，你完全不必待我这样好。"

郁然无比郁闷说："我喜欢的明明是你，是你啊。"

顾小悠懵住了，怎么可能？

郁然继续郁闷："喜欢你又没伤天害理，怎么不行？"

顾小悠说："咳咳，那个，就这样吧，再见。"

"喂，顾小悠，你明天要不要来看我踢球？"

"才不要去！"

可是，第二天，顾小悠还是屁颠儿屁颠儿地跑去操场边了。她明明斩钉截铁地说了不去，坐在教室里却总是心神不定。心里的小人儿一直掐架，一个说"不要去，不要去，要矜持"，另一个说"去呀去呀，你明明那么喜欢他的"。

操场边儿站满了人，郁然踢后卫，每当他抢到球，一旁看比赛的女生们总是抑制不住兴奋地尖叫他的名字。顾小悠站在人群外围，心里默默地说："郁然，加油。"

比赛很快结束，郁然他们拿了不错的成绩。人群恋恋不舍地散开，郁然终于在人群中搜寻到顾小悠的影子，跑过来，"喂，顾小悠，你等等。"

"喂，顾小悠，你等等。我有话跟你说，嗯，你知道我喜欢郁然的吧？"晚自习结束的时候，蒋菲满脸春色地跟她说，"我打算明天就跟他表白。原本呢，我是想等他先开口的，但是今天想了想，我先说也没什么大不了的。反正，明明是他喜欢我比较多。要不然，他干吗对我那么好？你说，是不是？"

"顾小悠，你愿不愿意做我女朋友？"午后的阳光，穿过学校高高的篱墙，从他头顶洒下来，他穿着 7 号球衣，满头大汗地看着她。

顾小悠没有回答，她像是受到了惊吓，慌不择路地跑掉了。

"嗯，是。你们两个，很合适。"顾小悠笑着说，心，却乱成一片。她忽然有些庆幸，下午的时候逃掉了，不然，她可能要失去蒋菲这个朋友了。

蒋菲的告白失败了，郁然说，他已经有了喜欢的人，并且一直拿蒋菲当兄弟的。蒋菲哭得一塌糊涂，拉着顾小悠看了好几部爱情电影，电影没开场，她就开始哭，一直哭到电影散场。顾小悠看着蒋菲悲痛欲绝的样子，实在不敢告诉她真相。或许，各自按兵不动，才是最好的结局。

郁然高考考得不错，去了北京的一所大学，顾小悠和蒋菲也进入了高三。郁然给顾小悠写过很多信，他说：

"顾小悠，不要怕，有我在哦。"

"顾小悠，你为什么不喜欢我？"

"顾小悠，今天，有点儿想你，只是一点点。"

上个月的最后一天，郁然在微信上给她留言："小悠，对不起，没能一直等你。"

上了地铁，顾小悠给蒋菲回了条信息："有吗？难道，我才是传说中郁然的梦中情人？"

"嗯，很有可能！怎么样，要不要甩了陆洲，去抢亲？姐妹儿我愿意为你两肋插刀，肝脑涂地哦！"蒋菲秒回。

"我还是觉得你请我吃顿澳洲小龙虾比较实惠。周末到访，准备接驾！"顾小悠回过去一个大大的笑脸。

地铁到站,顾小悠在出站口,看见了陆洲。他抱着两杯红豆奶茶,正朝着出站口张望,看见顾小悠出来,快步走过来,将奶茶递给她。

"我原本都要放弃你了,可是,想想你胆子那么小,一个人走过前面那个长长的隧道一定会害怕,所以,就在这儿等你咯!你不要得意,我才没那么喜欢你。"

"好啦,不是你喜欢我,那是我喜欢你好了!"顾小悠接过奶茶,一边走,一边笑着说。

陆洲愣了一下,随即乐开了花:"喂喂,顾小悠,你站住,把话说清楚!"

地铁广播里,元若蓝唱着:

你将会被谁抱紧,

唱什么歌哄他开心。

我想着天空什么时候会放晴,

地球不曾为谁停一停。

你的明天,有多快乐,不是我的,

我们的爱是唱一半的歌。

时间把习惯换了,伤口愈合,

也撤销我再想你的资格。

作者简介:欧阳小槿,双鱼座,现居上海,格子间的小白领。

"不如,趁微风不燥,岁月安然,让我们柔软而坚韧地爱着、活着。"

流光容易把人抛

文 / 慕嘉懿

1

樱桃姑娘大婚前夜，我和她挤在她闺房的小床上夜聊。

我们都没说话，只是静静躺着，抬头望着天花板。

房间一片漆黑，唯一闪亮的是樱桃姑娘的那双眼，在空荡的房间里显得异样漂亮。

"樱桃，时间过得真快，一眨眼你就要嫁作人妻了。"我打破寂静。

我能感受到樱桃姑娘此刻复杂的心情，有欣喜，有激动，也有忐忑，有不安，还有对过往时光的怀念……

"是啊，青春弹指一挥间，我们都不再年轻了。"她无奈地笑了笑。

提到"青春"一词，我起了兴致，翻身趴在床上，开始向樱桃姑娘提问。

"这些年，最让你感到幸运的一件事是什么？"

"遇见一个人——她是我的闺蜜，是我的伴娘，也是未来我孩子的干妈。"

说罢，她偏头，在黑暗中对上了我的眼睛。

我心头一暖，继续问："那青春里你最大的遗憾是什么？"

"遗憾？小遗憾有很多，最大的倒是没有。"

"后悔呢？有后悔过吗？"

"有啊，谁还没后悔过呢！"

"亏欠呢？最亏欠谁？"

她沉默。

我明白她的沉默，我静静等她开口。

随后，她略微颤抖的声音伴着一行清泪传入我耳中。

她说："有，我最对不起我素未谋面的孩子。"

我脑子"轰"的一声，瞬间炸开了。

樱桃姑娘是我的死党兼闺蜜，我俩认识长达二十七年之久。如果说我是这世上第二了解她的人，那没人敢称第一了，包括她的父母。

樱桃姑娘从小就讨人喜欢。她嘴巴甜，伶牙俐齿的，人长得也是一副小巧样。总而言之，是个一眼看过去就让人心生好感的女孩。

我曾问过不少人一个同样的问题：你觉得樱桃是一个什么样的姑娘？

得到的回答所差无几。

"樱桃啊，是个资深神经病啊，成天到晚瞎乐！"

"热情、善良、真诚、有趣。和她在一起不会感到无聊。"

"乐天派的掌门人。"

"她活脱脱一副小说里'傻白甜'的女主样啊!"

"典型的双子座,我俩通常都不在一个次元。"

"傻不拉叽的,被人骗了说不定还乐呵呵地帮人数钱呢!"

"是个好姑娘。"

是个好姑娘。

这个回答简直笼统得不能再笼统了,而说这话的人正是芭蕉先生——樱桃姑娘曾经的恋人。

对,是曾经,已沦为过去式了。

樱桃姑娘的青春没有离经叛道,没有宿醉不归,更没有跌跌撞撞满身伤痕。她的青春就如沧海一粟,是那么不值一提。

可这一切,在遇见芭蕉先生之后,都变了。

2

高中毕业后,我和樱桃姑娘一个北上,一个南下。

听樱桃姑娘形容,芭蕉先生是一个身形魁梧,相貌平平,北方气息特别浓郁的男生。

大一刚开学,芭蕉先生便对樱桃姑娘展开了猛烈的追求攻势。

一直以来,樱桃姑娘都以"乖乖女"自居。她和异性可以称兄道弟,但却从没有逾越过友情的沟壑。

这是她第一次碰到敢完全大大方方追求自己的人。

樱桃姑娘对我坦言,她说:"感觉他人还不错,挺照顾我的。不过,我还不确定自己的心意,也不想那么快就接受,等等看吧。"

我万分同意她的看法。要知道，大多数男人总是追你时一个样儿，追到手时又一个样儿，在一起久了就更不必说了。

"樱桃，你可别傻乎乎的啊，感情的事马虎不得，千万不要冲动。"我劝她。

我太了解她了，这丫头很感性，是那种看个八点档肥皂剧都能哭得一把鼻涕一把泪的蠢货。她对别人总是轻易卸下防线，对她稍稍好点的，她恨不得豁出性命回报人家。

我当然不是说她这样不好。

人嘛，首先得学会真诚宽容地对待别人，才能获得对方同等的待遇。如果总是以恶意揣测他人，那想必这个人本身也不怀好意。

可樱桃姑娘是个没心没肺的傻姑娘，她对所有人都充满善意，幻想着用自己的实际行动感化每一个满身戾气的人。

我不忍心看着樱桃姑娘幻想破灭，曾多次提点、劝诫她，然而她总会心宽地甩出一句："世界以痛吻我，我要报之以歌。"

久而久之，我便也作罢。

后来，芭蕉先生在我和她的谈话中出现的次数越来越频繁，不管我和樱桃姑娘聊什么，她最终都能扯到芭蕉先生身上。

就如同张爱玲说的那样："听到一些事，明明不相干的，也会在心中拐好几个弯想到你。"

我想，樱桃大抵是快要恋爱了。

有天半夜，手机铃声大作。我迷迷糊糊接起，耳边传来樱桃姑娘的声音，夹杂着抑制不住的开心，还有一丝丝属于小女生的娇羞。

她说："亲爱的，我和芭蕉先生在一起了。"

我一个激灵，睡意全无，这比我预料得还要快。

"怎么这么快就答应了？不是前几天还和我说要再考虑考虑嘛！你们认识才两个多月啊！"我实在是担心樱桃姑娘被骗。

"我们最近一直在微信聊天，也经常一起出去玩，我对他还是有所了解的，你就相信我的眼光吧！他对我是真的很好，我完全被他打动了，不愿意错过这样一个人。"

末了，她顿了顿，再次开口："亲爱的，我需要你的祝福。"

"唉，"我叹了口气，"你话都说到这份上了，我还能说什么？樱桃，我真的替你开心，真的，我最最希望你拥有幸福。如果我在你身边，我会给你一个大大的拥抱，庆祝你恋爱。不过，他要是胆敢对你一丁点不好，我立马飞过去甩他两个耳光！"

"哈哈哈，有你这句话我就放心了！"

就这样，樱桃姑娘和芭蕉先生开始正式交往。

樱桃姑娘会把她和芭蕉先生的生活趣事发到朋友圈上，记录每个温馨的瞬间；不管樱桃姑娘有什么愿望，芭蕉先生总是尽最大努力替她实现；关于两人的任何一个纪念日，芭蕉先生都不会放过，他会精心给樱桃姑娘准备礼物，聊表心意；就连她的胃也被芭蕉先生紧紧拴住，他常常给她做各种好吃的，可乐鸡翅、糖醋排骨、北方汤面……

樱桃姑娘幸福得不像话，她好似泡在蜜罐子里，被芭蕉先生小心呵护着，认真珍藏着。

她和我聊天的时候，字里行间都透露着甜蜜。我仿佛能看到她向上扬起的嘴角，笑得像个傻瓜，那是恋爱的样子。

她说："和他在一起后，我就再也没有羡慕过别人。"

那年是我认识她的第十八年，也是她和芭蕉先生相爱的第一年。

他们热恋的第三个月，寒假来临。

樱桃姑娘为了图便宜，买的是清晨八点的早班机。

她必须提前两个小时左右到机场办理登记，可宿舍大门每天早上七点半才开，根本来不及。

于是，芭蕉先生前一天晚上就陪着樱桃姑娘坐大巴到了机场，他们在机场整整待了一宿。

芭蕉先生担心樱桃姑娘闲不住，把她抱在放行李的拖车上，推着她满机场转悠。

深夜，国内出发厅只有零零星星几个人，唯有一对欢脱的情侣跟疯了似的，叫着、闹着、笑着。女孩坐在行李箱上，男孩推着放行李的拖车一路狂奔，热得出了一头闷汗，可他却更加卖力地跑着，只为换取女孩展颜一笑。

那时的他，真是不遗余力付出的他；那时的她，真是全心全意爱着的她；那时的他们，真是最最美好的他们。

到了后半夜，饶是樱桃姑娘精力再充沛也敌不过耷拉下来的眼皮。她趴在芭蕉先生的腿上，寻了个舒服姿势，安然睡去。

芭蕉先生脱下羽绒大衣盖在樱桃姑娘身上，守了她一夜，连一眼都没合。

后来，樱桃姑娘告诉我，临走的时候，她哭了。

我点点头表示理解，毕竟正处于热恋期的两人因为假期被迫分开将近两个月，难免不舍。

可她却说不是这个原因。

我诧异，问道："那你为什么哭？"

"K市的机场很大，到处都是透明玻璃，我以为他目送我过完安检就会离开，可他没有。他跑到我登机口楼上的落地窗前，给我打来电话。我接通，还没来得及说话，就听见他说了句'你转身，往上看'。我手里握着电话没挂断，寻着他说得方向望去，就看到穿着黑衣长裤的他站在那里。因为距离远，他整个人都变得渺小好多。我看不清他的表情，只能看清他一直朝我挥舞着双手，摆动幅度很大，样子很滑稽。不过，我一点也不觉得好笑，反而被感动哭了，那一刻他给了我前所未有的心安。我想，我好幸运，遇见了他。或许，他不会带我去坐游艇吃大餐，但他可以每天早晨为了我跑好几条街，去买我爱吃的豆浆油条。"

我听着樱桃姑娘缓缓道来，竟发觉自己的眼眶也湿润了。

他们尚年轻，敢爱也敢狂奔。他们的爱情，如此真实，如此纯粹，如此毫无保留。

这是比钻石还要耀眼的爱情。

我被这份爱，深深动容着。

樱桃姑娘和芭蕉先生在一起的第二年，我终于见到了本尊。

那年的清明小长假，他们邀请我去K市玩，我欣欣然答应了。

我到的那天，天公不作美，下着淅淅沥沥的小雨，可这丝毫不影响我和樱桃姑娘久久不见甚是想念的好心情。

芭蕉先生也不打扰我和樱桃姑娘聊天，默默地帮我拎着行李，在前面给我们俩带路。

为了给我接风，他们提前订好了饭店和KTV，说是要好好地嗨一把。

饭桌上，樱桃姑娘光顾着噼里啪啦地和我讲话，芭蕉先生就在一旁负责给她夹菜，夹了满满一大碗，全是她喜欢吃的。

原来，樱桃姑娘爱吃的，他通通都知道。

虽然这是个很小的细节,却被我捕捉到了,内心陡然对芭蕉先生又平添了几分信任与好感。

往往不经意间的一个小细节,才最让人温暖。

晚上,我们一起去 KTV 唱歌,樱桃姑娘和芭蕉先生又叫了些他们的朋友,一群人好不热闹。

青春嘛,如果只有循规蹈矩、一成不变的生活,那真的是索然无味。

趁着还年轻,我们尽情放肆一回,并不过分。

就这样嗨了一晚上,没一个人倒下睡觉。

凌晨六点,一行人从 KTV 出来。

外面的雨势更加猛烈,直直打在人身上,生疼。

KTV 离他们学校并不远,不过两条街的距离。

天还没亮,大家纷纷冲进雨幕,往学校的方向跑去。

我瞥了眼樱桃姑娘,我知道她最讨厌下雨。

哦不,不是讨厌,简直是无法忍受。

她不是完人,也有各种各样的小毛病。她的洁癖和强迫症我深有体会,根本没人扳得过来。她绝对不允许自己的鞋子被雨水打脏,也受不了头发被雨淋湿。

正当我为樱桃姑娘犯愁时,芭蕉先生走到她身前,脱了外套递给她,蹲下。

雨声很大,哗啦啦的,可芭蕉先生那句"上来,我背你。把外套搭在头上,别让雨淋着你",我却听得清清楚楚。

樱桃姑娘也不客气,一下跳到芭蕉先生背上,用他的外套遮住两人头顶。

两条街的距离有多远？

远到背着樱桃姑娘的芭蕉先生跑得气喘吁吁，浑身被大雨浇透，没一处是干的。

两条街的距离有多近？

近到芭蕉先生一步路都没舍得让樱桃姑娘走，背着她到宿舍楼下才肯放下。

他们在雨中惜别，芭蕉先生望着樱桃姑娘的目光是那样宠溺，满满的都是爱意。

他说："回去赶紧冲个热水澡，别着凉了。洗完吹干头发再睡。"

樱桃姑娘满口应着，嫌他啰唆。可我知道，她心里，比谁都满足，也比谁都珍惜。

我是一个对感情较为悲观的人。虽然樱桃姑娘总夸芭蕉先生如何如何好，但我对他们的爱情不是百分百地看好。

我一直认为，十九岁的年纪，就算爱得再炽烈，也终将会被时间打败。

那一刻，我彻底推翻了我之前的想法。

芭蕉先生的眼神骗不了人，他对樱桃姑娘细微之处的照顾也骗不了人。

我全看在眼里。

那时候，我以为，樱桃姑娘的余生会和芭蕉先生共度，一不小心就会白头。

可我们终究还是太年轻。

樱桃姑娘二十岁生日那天，我满心欢喜地给她打电话送祝福。

"我最最亲爱的樱桃，生日快乐。你再老几岁，我就可以当你的伴娘啦……"

我自顾自说了一大通，才注意到她情绪并不高涨。

"喂？你怎么了？"

隔着手机屏幕，我听见樱桃姑娘深吸一口气："芭蕉先生昨天又去赌博了。"

她怅然若失。

我愣住了，过了好几秒，才反应过来。

"又？什么叫又？"

"这几个月内，已经被我发现两次了。"

我再次失神，一时不太能接受这件事，我甚至怀疑是樱桃姑娘小题大做。

"赌多大？要是打打牌什么的也挺正常的，小赌怡情嘛！"我宽慰她。

"总共输了七千多吧，只多不少。"

七千！

要知道，对于大学生来说，对于普通家庭来说，这并不是一笔小数目。

我怎么也料不到，我的一通祝福电话，竟然换来这样一条让人难以置信的消息。

"你打算怎么办？"

"事不过三。他也答应我不再赌了，我再给他最后一次机会吧。"

"如果还赌呢？"

"那就分手。"

沉甸甸的四个字，被樱桃姑娘说得格外平静。

我不信她。

樱桃姑娘生性心软，耳根子也软。她那么喜欢的芭蕉先生，那么喜欢她的芭蕉先生，我不信她放得下。

有些话说起来轻巧，想要做到却太难。就算日后芭蕉先生照旧死性不改去赌博，她也只会在他的认错声中，选择一次又一次地原谅他。

因为，她舍不得。舍不得这个人，舍不得他的好，舍不得这段情。

舍不得，所以放不掉。

自从那次赌博被樱桃姑娘发现后，芭蕉先生倒是没敢再造次。

他一如既往地对樱桃姑娘好，包容她偶尔的任性和小脾气，凡事都不用樱桃姑娘操心，芭蕉先生总会替她做好。

她曾和我说，芭蕉先生不仅扮演好了她男友的角色，还扮演好了她父亲的角色。他在这两个角色中游刃有余。

身边的情侣分了又和，聚了又散。唯有他们，他们的感情，历久弥新。

这样风平浪静地度过了几个月，就在樱桃姑娘以为芭蕉先生已经戒掉恶习的时候，他又一次明知故犯。

樱桃姑娘虽然表面看起来神经大条，但实则是个敏感又机灵的姑娘。

那晚，芭蕉先生照例给樱桃姑娘打来电话。只不过，这通电话，比平时提早一个小时。芭蕉先生告诉她，他困了，要先睡了。两人互道晚安后便挂了电话。可那种不安的感觉，是那么强烈，强烈到樱桃姑娘无法忽视。她胡乱套上衣服，夺门而出……

樱桃姑娘来到一家所谓"棋牌室"的门口，她不敢贸然闯进去，便拨通芭蕉先生的电话。可直到电话被忙音取代，芭蕉先生都没有接。这让樱桃姑娘更加坚信自己的推断无误，她再次拨通芭蕉先生的电话。

这次，电话照旧响了许久，芭蕉先生照旧没有接通。

因为，当芭蕉先生拿着手机推开"棋牌室"的大门，准备接樱桃姑娘的夺命连环 call 时，早已候在门外的她纤瘦的身影，直冲冲地闯进他的瞳仁。

两人相视，无须多言，一片了然……

我以为心软的樱桃姑娘最终会原谅芭蕉先生的。

然而，我还是低估了她。

那年 10 月 1 号——一个普天同庆的日子，樱桃姑娘同芭蕉先生提了分手。

毅然决然，毫无缓和的余地。

芭蕉先生给樱桃姑娘打电话，她不接；发短信，她也不回；她果断地删除了他所有的联系方式；夜深人静，喝得酩酊大醉的芭蕉先生跑到樱桃姑娘宿舍楼下大喊她的名字，她俱不应。

芭蕉先生甚至独自一人踏上了开往丽江的火车——他去了趟丽江古城，找到了他们曾经在古城挂上的心愿牌。

当时的他们，怀着无比虔诚的心将两人的心愿牌高高挂起。那是他们相爱的证据，可证据在，人已不在。

芭蕉先生回来的时候，把那两幅心愿牌也一同带了回来。他拍了张照片，发了个朋友圈：

"你说你的心愿是'我想八十岁的时候醒来，还是阳光和你在我身边'。阳光依旧，我在原地，你呢？"

但这一次，任凭芭蕉先生再怎么认错，再怎么保证，再怎么承诺，也统统不管用了。

他们在一起两年多，这是唯一一次，也是最后一次分手。

我恍然发觉，我所了解的那个樱桃姑娘，或许也只是她骨子里的一部分。

连我都没想到她会如此狠戾决绝。

后来，我明白了。她不是狠戾，不是决绝，她是通透。有些事，她想得太透彻。

相爱容易，相处难。

相爱的时候，他把最好的一面展现给你，你被他吸引，渐渐迷恋上他，你以为你所了解的他是全部的他；相处的时候，他变得越来越真实，他的缺点、陋习，一一在你面前展现，他无法改变，你也无法接受。

最初，爱得轰轰烈烈；最后，分手在所难免。

我问樱桃姑娘："你不爱他了吗？"

她说："我爱，甚至在一朝一夕中变得更爱了。"

"那怎么狠得下心说分手呢？"

"我有原则，在原则问题上我绝不退让。他戒不掉赌博这个恶习，我只能选择戒掉他。说我不够爱也好，说我自私也好，我不敢拿自己的未来做赌注，我怎么放心把自己交给他？"

我嘴角泛起一丝涟漪。

原来，成长真的是一件很美好的事情呢，让一个姑娘在青葱年华里学会爱人，学会放手，变得成熟，变得理智。

樱桃姑娘和我说了好多，酒后微醺的声音听起来酥酥麻麻的，舌头都捋不直了，说话也说不清楚。

可有句话，我至今记忆犹新。

她说:"我们不是不爱了,也不是错过了,我们只是不合适了。"

芭蕉先生一次次地辜负了樱桃姑娘对他的信任。久而久之,她不再相信他,或者说不敢再相信他。没有信任的爱情,如履薄冰。

也许这样的结局,皆大欢喜。

没有什么可遗憾,没有什么可后悔,樱桃姑娘也曾在爱里大梦一场,这便足矣。

3

"我最对不起我素未谋面的孩子。"

"我最对不起我素未谋面的孩子。"

…………

脑海里不停回放着樱桃姑娘说的这句话,一遍又一遍。

什么时候的事?怎么现在才告诉我?当时,你害怕吗?你又偷偷哭泣过多少回?……

我思绪一团乱,好多问题想问却问不出口,只是张着嘴巴,像一只受了惊的哈士奇。

时隔七年,血淋淋的伤口早已结疤,脱落,又愈合。只是,新长出来的那块肉,始终和其他地方不是一个颜色。

只有那块肉,是粉色,淡淡的粉色。

"嗳,想问什么就问,别一副懵样儿。"她说得云淡风轻,甚至带着笑意。

"你说吧,我听着。"

在这个注定无眠的夜晚,她是倾诉者,我是倾听者。

"是分手没多久后发现的。"她淡淡的声音再次响起，仿佛那些伤痛都不复存在，"我谁都没说，自己去的医院，那天天气出奇得好，各种奇怪的仪器却异常冰冷。我躺在手术台上，医生还直夸我瘦呢！她安抚我别紧张，麻醉之后不会痛，很快就结束了。我也觉得整个过程行云流水，恍如隔世。不得不感叹，当时医学就已经很发达了，因为三天后，我又元气满满啦！"

我整颗心揪在一起，像是被人拧住了，皱巴巴的，她却像在诉说别人的故事。

"你能照顾自己吗？为什么不告诉他，不告诉我！"我气她、怪她。

她又"呵呵"笑了两声："那时候真是孤单却固执，我无数次想要找他，可最终都忍住了。你知道吗，我怕啊，好怕看见他，我会崩溃，会软弱，会屈服，我所有的原则都会坍塌。所以，我宁愿一个人承受，也是那时候，我学会了坚强。这没什么不好。"

眼泪措不及防地滑下，我根本压制不住自己，低声啜泣起来。

"你别哭啊，就是怕你担心才不敢告诉你。我们远隔千里，你知道了也是干着急，我不想你担心。再说，过去那么久了，我早已释然。我学着把好的都留下，不好的都熬过去，把它变成好的。"

她握住我的手，不断安慰我。

我恍然发觉，被安慰的人，明明该是她啊！

正当我思绪渐渐清晰的时候，她又兀自说道："流光容易把人抛，红了樱桃，绿了芭蕉。你看，我们再强大，也敌不过时间。我爱他，终究变成了我爱过他。"

是啊，时间是把杀猪刀，它让青春不复，季节更迭，时光逝去，岁月的痕迹也悄然爬满全身。

可我们该怪它吗？

不，我们要感谢它。感谢它让我们长成自己喜欢的样子，感谢它给我们足够的经历让我们做一个值得被爱的姑娘。

于她来说，青春盛宴，未曾缺席，大爱一场，未留遗憾，便如夏花般绚烂。

青春再漫长，也终须告别；而告别再漫长，也终有一别。

因为，流光容易把人抛，红了樱桃，绿了芭蕉。

不如，趁微风不燥，岁月安然，让我们柔软而坚韧地爱着、活着。

——像樱桃姑娘那般，爱着、活着。

作者简介：慕嘉懿，90后双子女，在校大学生一枚。因向往世上一切善和美的事物，故取此名。热爱阅读和写作，并为之不遗余力地坚持，做着一场与文字结伴一生的大梦。愿你能在我的故事中找寻到属于自己的影子。

新浪微博：@Suzy 易密哒

"爱和不爱有时候就已经是很多问题的答案。"

那年我用尽力气，只为错过你

文 / 梁小明

罗前和林小白手牵着手从我们面前走过的时候，我用了很大的力气拉着李乐才没让她冲过去。罗前朝我们的方向点了下头，林小白干脆装作没有看见。这种场面打我第一天知道他们在一起之后就预料到了。

"为什么拉着我？为什么不让我去撕烂那对狗男女的脸？"

"你凭什么啊？"

李乐张了张嘴没有说话。我确保她不会再次冲出去之后，松开拉着她胳膊的手。

"你说你凭什么打人家？人家男未婚女未嫁的，就因为你李乐喜欢罗前，所以他就必须跟你在一起？就算是你先喜欢的罗前，林小白这事儿也的确是做得不够厚道，但你想想，罗前从头到尾可都没说过喜欢你吧？"

李乐看着我，表情似不解又夹着失落，却终是没有说一个字。她的反应让我有点内疚，李乐是个大大咧咧的姑娘，好像总在笑，我习惯了这样的她，所以她沉默的样子让我有些不知所措。

我忍不住捅捅她的胳膊，她好像这才从自己的思绪里脱离出来，歪头看我，说："李灿，你到底是谁的朋友？不但不帮我，还在一边说风凉话！"

"我当然永远都站在你这边啦！"我有些狗腿地凑过去。

"切，还说什么有福同享有难同当，这还没让你上刀山下火海呢，你就这样？"

"你是我最好的朋友，你知道的。我是肯定不希望你吃亏的。"我有点心急。

"好啦好啦，我现在没空理你。"

"俗话说得好，天涯何处无芳草，这个不行接着找。中华儿女千千万，咱们不行就得换！"我急着想要说些轻松的话来缓解她的心情。

"总算是说了两句人话。"李乐总算不像之前那么激动，但我知道要想让她彻底对这件事释怀，还需要时间。

回去宿舍的路上我们都没有说话，无疑，我们在想着同一件事，却是各自陷在纷乱的思绪里。

2

林小白是我和李乐共同的好朋友，准确地说是曾经的好朋友。因为林小白和罗前在一起之后，李乐和她大吵了一架，而我也在这场骂战中站了队。不论这件事谁对谁错，我心里偏向着李乐，这一点我从不否认。

李乐喜欢罗前在系里不是什么新鲜事。罗前是我们专业校草级人物，会唱歌会打篮球长得帅不大爱讲话，除了李乐之外还有大把的女生喜欢他。

李乐第一次看见罗前是在篮球场上，白白净净的脸因为热而通红，手臂没有很粗却让人觉得很有力量，围着的女生们时不时因为他的某一个动作而尖叫。李乐没能抵得住男色，而彻底俘获李乐芳心的是他打球正酣时，随意拉起球衣擦了擦脸上的汗的小动作。李乐觉得那一刻他性感到炸裂，照李乐的话说，就是当时她好像听见路边的杂草都在跟她说，李乐你栽了。

李乐从来都不是会把一个人当作心事偷偷喜欢的那种人。她一面毫不避讳地表达着自己对于罗前的垂涎，一面四处打听关于他的消息，然后在她知道罗前和几个别院的男生组了个乐队之后，大张旗鼓地进驻他们的排练室。

在那段时间里，李乐给乐队的成员们买水送饭，如果有时间就窝在角落里听他们唱歌，无条件支持，无条件崇拜，做永不背叛的观众。

李乐是个开朗大方的姑娘，再加上时不时有意地讨好，很快就和乐队里的其他男生们打成了一片，所以他们平时见到李乐就"嫂子嫂子"地叫，叫得李乐都以为春天真的不远了。可偏偏男主角依然一副不关我事的样子，而李乐这个傻姑娘只当他是害羞，只顾着团结群众，却没想到后院失火。

那年夏天的李乐，是我从没见过的。应该说，那段时间她就像是另外一个人，也许连李乐自己都不认识。衣服穿得规规矩矩，没有夸张的浓妆，偶尔即将脱口而出的脏话也都被她忍回去了。我在一旁，既高兴也担忧。

后来的很长一段时间，李乐还是按时去排练室报道，渐渐地像是听出了一身的使命感，不仅仅是为罗前。

学院举办歌手大赛，她费尽口舌地让同学们去给罗前的乐队投票，零食也送了，好话也说了。但他们的乐队还是没能获得什么很好的名次，李乐安慰罗前说："巨星成名前总要经历一段没人看好的黑暗时期，熬过去就好了。"罗前抬起头，冷冷地跟她说："输了没什么，但你暗地里做的那些让我觉得丢人，我们根本不需要你这样做。"

凭我对李乐的了解，我以为她就算再喜欢他也不会继续下去了，她是那么骄傲的姑娘。可是第二天，李乐照常去排练室报到了。

如果说爱一个人就是让自己低到尘埃里，那么李乐在罗前面前就是给自己挖了个两层的地下室。那次我什么都没有说，因为我知道她并不需要我劝她，我只要永远在她身后等着她就好。

不久，李乐沾沾自喜地以为自己想到了一个好主意。她求在广播站工作的林小白给罗前他们的乐队做一个简单的采访，然后播出来。采访播出去后大家的反响很好，接着林小白又在广播的时候插播了几次他们的歌。李乐很感激地对林小白说："真不愧是我的好姐妹，等我俩成了肯定先请你和李灿吃饭。"

❸

就在李乐以为自己快要功成，每天做梦都要把自己笑醒的时候，同学们之间开始流传着罗前和林小白在一起的消息。李乐后知后觉，她才反应过来自己在这几个月里扮演了一个多么大的笑话。

起初李乐不相信，倒不是不信罗前会喜欢林小白，而是不相信自己的好朋友抢了她喜欢的人。

她找到林小白问她是不是真的，起初林小白还声泪俱下地说罗前并不喜欢李乐，强扭的瓜不甜，希望她可以祝福他们。李乐问她，为什么是你，换作别人她也可以接受，为什么是她的朋友。林小白也不再装什么，她只淡淡地说了一句，恐怕只有李灿才是你的朋友。

李乐和林小白决裂了。李乐说："我自以为阅人无数，却不想看你看走了眼，是人是婊没分清楚，但今天总算是知道了，从今往后，我要是再拿你当朋友，我李乐两个字倒着写。"

我不知道这算事发突然还是蓄谋已久，只是这个结果无论对谁都有些残忍。林小白有错吗？或许吧。但我确定无疑地知道，李乐她真的错了。

回去的路好像一下被拉得很长，我们并肩走着，一路上谁都没有说话。我在想很久之前的一天我们三个说过，今后可以因为任何事吵架绝交，但绝不能是男人，那太让人笑话。我很努力地想要回忆起当时我们的表情。不知道李乐是不是也想起了这个。

4

日子过得很快，那场因为友谊因为爱情的战役好像是一缕烟一场梦，明明当时真实地存在过，现在却好像消失得彻彻底底。

就好像时间一边让你的细胞更替，一边掩藏住你的秘密，直到你也无法找到它们的那一天，生活早已翻开新的一页。

李乐又变成了李乐，她现在正在系里的元旦晚会上唱歌。

我忍不住为台上那个耀眼的女孩儿高兴，因为刚刚罗前一直在看她。惊喜，赞美，难以置信，罗前的眼睛里的情绪大概是这些吧。我仔细地辨别过了，的确没有类似于喜欢迷恋之类的情感。

就算天空再深看不出裂痕

眉头仍聚满密云

就算一屋暗灯照不穿我身

仍可反映你心

让这口烟跳升我身躯下沉

曾多么想多么想贴近

你的心和眼口和耳亦没缘分

我都捉不紧

害怕悲剧重演

　　我的命中命中

　　越美丽的东西我越不可碰

　　历史在重演这么烦嚣城中

　　没理由相恋可以没有暗涌

　　其实我再去爱惜你又有何用

　　难道这次我抱紧你未必落空

　　仍静候着你说我别错用神

　　什么我都有预感

　　然后睁不开两眼看命运光临

　　然后天空又再涌起密云

　　李乐化了很浓的妆，她在台上唱着王菲的《暗涌》，耀眼得像是自带光芒。

　　我能理解罗前为什么会惊讶到这个地步，可能在他看来李乐就是个想一出是一出胸大无脑的傻姑娘吧，毕竟连我都有些迟疑，这样的她我也很久没见了。

　　没有人比我更清楚在喜欢罗前这件事上李乐的变化有多大。

　　她不化浓妆，时刻注意着不说脏话，也开始尝试棉布裙和帆布鞋。她和我说，她要做个可以站在他身边的人，起码要干干净净的。

　　罗前不认识从前的李乐，所以他不知道自己对她来说意味着什么。他倒也不需要明白，不喜欢就是不喜欢，还有什么可辩驳的。

　　林小白和罗前在一起之后，李乐对罗前就不再抱有任何幻想了。她没有表现出任何的不正常，就连我也以为她不在乎了。可是一天晚上我回宿舍看见她抱着 iPad 泪流满面。上面播的是张晋获得金马奖最佳男配的视频，张晋说："曾经我对我老婆说，全世界就只有你欣赏我有什么用，不过现在这个奖让我知道了，你们也是认可我的。"李乐就在那儿一声不响地哭，我第一次知道原来人竟然可以流那么多的眼泪，直到我开始担心 iPad 会进水。

我过去抱她，她终于哭出声，她一遍遍问我，为什么她对罗前那么好，在所有人都不看好他的时候是她一直支持他，为什么他会喜欢林小白。

我什么都没说，只是不停地拍着她的背。她那么聪明，怎么会不明白，爱和不爱有时候就已经是很多问题的答案。

曾多么想多么想贴近

你的心和眼口和耳亦没缘分

我都捉不紧

…………

越美丽的东西我越不可碰

5

台上的李乐唱完了歌，甩甩头发，冲着台下的观众放肆地笑。我也忍不住跟着笑起来，这才是我认识的那个李乐。

我想，待会儿等她下来，我一定要抱抱她，然后跟她说："欢迎回来。"

作者简介：梁小明，在校大学生，巨蟹座，脑洞大，常常因为突如其来的脑洞而兴奋得睡不着觉，因此常常熬夜码字。热爱鸡汤以及鸡血，喜欢快餐文学但永远对主流的东西怀有敬畏之心。

▼▼▼▼▼

"这么多年,我终于知道了谁才是我的初恋。"

▲▲▲▲▲

初恋，乱了流年

文/郭小发

那一年，我和辛馨趴在黑白电视前，看着杰克搂着露丝的腰站在桥头，心中充满了渴望。

"什么是爱情？"我问。

"爱情就是像他们一样。"辛馨说。

"站在船头吹吹风就叫爱情？太诡异了！感冒了怎么办？掉海里怎么办？我不喜欢爱情！"

辛馨白了我一眼，分明是在嘲笑我。

"郭小发，你真是个白痴！"她说。

我很恼怒，她这是在怀疑我的智商？怀疑我智商的人，都是要挨揍的。

辛馨握住我即将挥出的拳头，冲我微微一笑，说："郭小发，等某一天你开化了，你就会发现对于爱情你多白痴了。"

我很不屑："老子开化得很，老子才不要跟电视上那两个人一样傻乎乎地被风吹成傻瓜。"

"郭小发，如果有一天我遇到一个这样的人，一定用尽我的所有去爱他……"

我白了她一眼。

"有病。"我说。

那一年我们八岁。

辛馨是我家邻居的孩子，长得非常漂亮，每次看到她我都想上去用力捏她的脸，因为看到她的脸蛋，我就想起果冻，弹性十足，恨不得把它捏碎……

好吧，你们说我变态我不会反驳的……

像她这样的女孩，人见人夸，她总是缠着我，可是我不喜欢跟她在一起，因为妈妈总是拿我跟她比较，然后，我就变成了一无是处的孩子。

甚至有一段时间我讨厌看到她，一见到她我就想躲开，可是，我的速度比不上她，有时候我真后悔自己白白虚度了八年光阴，我应该一生下来就练长跑的！

"郭小发，这是我新买的书，借给你看。"

我很不情愿地接过，是一本崭新的《小美人鱼》。

"我不喜欢。"说完，我随手把书丢给了她。

她接过书，轻轻地翻弄着，嘴巴微微噘着，眼角有泪光。

我最讨厌她这种可怜兮兮的样子，一把从辛馨手中夺过那本书，说："我看还不行嘛！"

辛馨破涕为笑。

那一年我们上一年级,辛馨是我同桌,我本来不想跟她坐一起的,入学那天她死死地抱着我的胳膊不放,让我丢尽了脸面。最后,我们只得坐在了一起。

其实,那一天我第一眼就看到了琳,她非常漂亮,在众多的同学中第一个吸引了我的眼球,当然,也吸引了辛馨的眼球。

我的眼中满是渴望,辛馨的眼中满是幽怨。

"我长大了要得到她。"我说。

"哼!"辛馨说。

自从我说完这句话开始,辛馨变成了我人生中一颗闪闪发光的绊脚石,每次我打算接近琳,她总是极力阻挠。

我想以问问题为借口,她说:"你有问题可以问我,我都知道。"

的确,辛馨学习成绩很好。

我想以借东西为由,她说:"我的东西都可以借给你,我的就是你的。"

这让我几乎抓狂,心里暗骂:"这小泼妇!还让不让人活了!"

最后,迫于无奈,我也打消了靠近琳的念头。

我得不到她了!

从小学到高中,辛馨赶走了所有接近我的女孩,而我主动接近的……好吧!别傻了!有辛馨在,我还想着能主动接近一个女孩?简直是痴人说梦!

这个泼妇完全限制了我的自由!长那么大了,我连女孩的手都没摸过!

高三快要结束的时候,我气急败坏之下,找到校花同学,故意当着辛馨的面,一把扯开了她的上衣,当然,没露太多,只是露出了肩膀。

校花同学大喊一声，捂着脸跑了。

辛馨大喊一声，一巴掌扇在我的脸上，也捂着脸跑了。

我的脸火辣辣的，心也莫名揪了一下，好像她这一巴掌抽走了我心里的什么东西。

不过，我还是感觉很痛快，有一种咸鱼翻身的成就感。

有时候，我们做一些事情，都带有很大的表演性质，无非就是让别人生生气，或者证明一下你的存在感，又或者是展示一下你多有骨气，向别人示示威。然后，可能别人会心疼一下，有所动容，也可能根本不在乎。

之后的好几天，我都没有看到辛馨，高兴之余，又有点担心。

这小泼妇，是不是生病了？一想到她生病了，我就伤心了。

难不成这小泼妇跟哪个男的私奔了？不会跑到哪个山旮旯，跟一个男的喂猪种田去了吧！这小泼妇！居然喜欢这一口！

一想到她种田喂猪，我心里更难过了。

放学后我马不停蹄跑到她家，恰巧碰到她出门丢垃圾，我一把抓住她的手。

"那个跟你种田喂猪的男人呢？"

"你在说什么？"

"你居然跟男人去种田喂猪！"

"啪！"一个巴掌扇在我的脸上。

"有病！"

等我缓过神来，辛馨已经回家了，大门紧闭，这更让我对那个喂猪种田的男人恨之入骨。

这个男人让我一晚没睡着，第二天很早我就去了学校，等我进教室的时候，辛馨居然奇迹般地出现在了座位上，我立刻跑过去。

"那个种田喂猪的男人呢？"

"你是不是有病？"

"那你这几天为什么没来？"

"要你多管闲事！我不来不正如你愿吗？"

"那是！你不来这几天，我可自由了！"

"是吗？跟你的校花同学怎么样了？"

"好着呢！你没来这几天，我跟她……"

说话间，门突然开了，我和辛馨的注意力都被吸引了过去。

门口站着的，居然是校花同学。校花同学难道有特异功能？说到就到，曹操投胎呀！

她满脸通红，欲言又止。

难不成她来报仇的？我大惊失色，转身要跑，却被辛馨一把拽住了。

她幸灾乐祸，说："人家来报仇了，你完了，哼！"

只见校花同学一步一步慢慢挪动到我跟前，脸色越来越红，似乎血液随时会从她的脸蛋中喷薄而出。

"你……你不要乱来……大……大不了我让你脱我衣服……"

"无耻……"辛馨白了我一眼。

"郭小发，那个……我想……"校花同学说着，双手举着一个盒子递到了我面前。

这是什么玩意？不会是个炸弹吧？校花如此美丽，想不到心肠如此歹毒！

我笑着说："妈妈告诉我，不能随便要别人的东西。"

校花略显尴尬，说："这……这是我送给你的礼物，那个……郭小发，你得对我负责……"

我大惊失色！老子做什么了？为什么要负责？

我说："那个……我做什么了？为什么要负责？"

校花脸色一沉，说："郭小发，那天你脱了我的衣服，就要对我负责！"

"脱衣服就要负责？我天天脱我自己的衣服，难道我还得娶我自己不成！"

校花咬着嘴唇，脸色气得发紫。

辛馨一把接过那个盒子，说："我替他收着了。"

校花仔细打量着辛馨，说："我听说过你，天天缠着郭小发，不过，从现在开始，他得对我负责！你最好离他远点……"

辛馨看着校花同学，咬牙切齿。

我后背慢慢出了冷汗，辛馨这小泼妇发起飙来可是谁都拦不住的呀！

"我远离他就是了。"辛馨说完，把那个小盒子丢给我，脸上不再有任何表情。

我深舒一口气，总算没有打起来。可是，心里又有些小失望。

为什么要失望呢？

"郭小发，今晚上能一起吃饭吗？"

我看了一眼辛馨，辛馨依旧面无表情。

"呃……那个……校花同学，妈妈告诉我，不能早恋……"

"少废话！你脱了我的衣服！就要对我负责！"校花大声喊道。

我又看了一眼辛馨，她依旧面无表情。

难不成老子的初恋就是这样开始的吗？太猝不及防了！太诡异了！老

子想要浪漫的邂逅!

这时,同学们陆陆续续地进了教室,看到校花同学都很惊讶,纷纷议论她为什么会在这里,之后都豁然开朗,有的羡慕,有的幸灾乐祸,有的咬牙切齿。

"郭小发呀,脱了人家的衣服,现在人家找上门来了!看他怎么收场!"

"哎呀,想不到郭小发平时文绉绉的,背地里却做出这样的事!真是个臭流氓!"

虽然对于同学们的议论我毫不在意,但是,迫于舆论的压力,我还是很不情愿地接过了那个盒子。

我的初恋居然就这么开始了?真是匪夷所思!我的初恋居然从高三才开始!

自从我跟校花同学在一起之后,辛馨真的再也没有黏着我,甚至每次见了我都绕开我走,这小泼妇还算识趣,可是,每当看着她离开我的视线,我的心里都空落落的。

自此,辛馨再也没有跟我说过话。

大学,我们各奔东西,填报志愿的时候,我曾偷偷看过辛馨的志愿,是北京的一所高校,而我,去了南京。

人生就像旅程,每一段路都有一段风景,错过了也许永远不会再回来。

至于校花同学,高考完之后,出了国,临走前来跟我道别,说:"郭小发,我明天就要走了,你有什么要跟我说的吗?"

"一路走好。"我说。

"没有别的了?"

"嗯。"

校花同学幽怨地看了我一会儿,转身走了,最后在离开我的视线之前转身留下了一句话:"我会给你打电话的!"

果然,校花同学出国之后每天都会给我打电话。然后让我也开通了国际通话业务,天天打给她。

每月的话费消费水平直线上升,最后老子一咬牙,把整个月的伙食费全都充了话费,可最后手机还是停机了。

之后的两个月,我的手机一直处于停机状态,彻底失去了与校花同学的联系。

两个月之后,校花同学来学校找我了。两个月找不到我,校花同学气急了,一怒之下连夜坐飞机过来跟我算账。

"郭小发!为什么不给我打电话了?"

"手机停机了。"

"你傻吗?不会充话费吗?"

"老子饿……"

"这是我的银行卡,你拿着。"

"能当饭吃吗?"

"不能。"

"不能我要它干吗,老子饿……呜呜……"

校花同学临走时留下了一张电话卡。

后来这张电话卡一直压在我的抽屉里,再也没有动过。

突然有一天,室友举着电话跑过来跟我说:"郭小发,有人找你。"

我诧异地接过电话。

"你好，你是……"

"郭小发，我们分手吧。"

声音很熟悉，是校花同学。

"好吧。"

"你为什么不给我打电话？"

"我饿。"

"郭小发，我每天都在等你电话，你知道吗？"

我没有再说话。

"郭小发，分手吧。"

"嗯。"

说完，我挂了电话。心里很平静，没有一丝波澜，就像有人跟我说"郭小发，咱们吃饭去吧"一样平静。

本以为我会歇斯底里，却无论如何都无法歇斯底里。

室友接过电话兴冲冲地跑回了床上。

后来我得知，校花同学跟室友好了。校花临走时要来室友的电话，原本的目的是为了在我停机的时候可以找到我，没想到后来跟室友擦出了火花。

回到床上，我彻夜难眠，从枕头底下拿出了那本《小美人鱼》。

这本书从我离开辛馨之后，无论走到哪，都一直放在枕头底下。

这本书让我切实感觉到，我那几年也有过青春。

"郭小发，这是我新买的书，借给你看。"

"我不喜欢。"

"郭小发。如果有一天我遇到一个这样的人,一定用尽我的所有去爱他……"

我白了她一眼。

"有病。"我说。

错过的风景,也许之前毫不在意,或许在某一个夜深人静的时光里,他便成了你最痛楚的后悔。

寒假的时候,我去了辛馨家,开门的是她妈妈。

"阿姨,辛馨呢?"

阿姨望向辛馨的卧室,刚要开口,我急忙制止,很不好意思地走进了辛馨的卧室。

辛馨正在熟睡中。

我把手中的《小美人鱼》放在了她的枕边。

辛馨,你知道吗?第一个握住我的手的女孩是你。

"什么是爱情?"我问。

"爱情就是像他们一样。"

"站在船头吹吹风就叫爱情?太诡异了!感冒了怎么办?掉海里怎么办?我不喜欢爱情!"

"郭小发,你真是个白痴!"

"郭小发,如果有一天我遇到一个这样的人,一定用尽我的所有去爱他……"

"有病。"我说。

如果有一天我遇到一个这样的人，一定用尽我的所有去爱他……

辛馨，这么多年，你遇到那个人了吗？

我把手慢慢伸向她的脸。

"啪！"一个巴掌扇在我的脸上，火辣辣的。

"郭小发！你要干吗？"

"呃……你脸上有苍蝇……"

"冬天哪来的苍蝇！"

我握住辛馨的手。

"辛馨，我可以成为那个人吗？"

辛馨一怔，"啪！"又一个耳光扇在我另一边脸上。

她的眼角泛出泪光……

这么多年，我终于知道了谁才是我的初恋。

作者简介：郭小发，曾以笔名悠然沉思在长江文学网发布长篇小说《我是一只狗》，在榕树下文学网发布《莫让爱遗逝》《逃生》《是谁骗了谁》等文章。

"或许这里的一切都将要化作回忆了,一段让人痛心又遗憾的回忆。"

你，还回来吗

文 / 郭小发

1

"嗨！你好！"

"你好……"

"我注意你好久了，你天天都会在这个时间出现在这个酒吧！"

"是吗？你为什么要注意我呢？"

"因为你很安静。"女子微笑着看着眼前的男子。

男子端起眼前的一杯酒一饮而尽，望着远处发起呆来。

"你似乎有心事？"女子好奇地问。

"没有。"

"那你为什么总是看起来闷闷不乐的?"

"我只是在思考关于我的创作的事情,我是一名作家。"男子依旧看着远方淡淡地说。

"是这样呀,那我先不打扰你了……"女子转身走开了,走了几步又返了回来。

"还不知道你叫什么名字呢?"

"林玄,你呢?"

"叫我青儿好了,他们都这么叫我。"女子说完转身离开了。

"青儿……"男子默念着这个名字,看着消失的背影又发起呆来。

这是小镇上唯一的一家酒吧,自从林玄踏足这里,每天晚上都会到这个酒吧打发夜晚孤独的时光,虽然他喜欢安静,讨厌喧闹,但比起孤独来,他宁愿到嘈杂的人群中去。

林玄走出酒吧,此时已近半夜,被积雪覆盖的路在月光的照耀下泛着白色的光,路上偶尔会经过一两个人。冬天的夜晚似乎显得更加安静,林玄喜欢这样的夜晚,这样的夜晚会让他嘈杂的心归于平静。

"嗨!真巧!"

"是你?"

"很吃惊对不对?"青儿伸着舌头做了个鬼脸。

"怎么这么晚……"林玄有些惊讶。

"我刚刚下班,没办法呀!"

"每天都这么晚吗?"

"对呀!为了谋生,虽然很厌倦……"青儿脸色突然黯淡下去,从她冻得有些微红的脸上可以看到过度劳累给她带来的疲惫。

林玄看着眼前的这个女子，心里有一种说不出的酸楚。

"你怎么也这么晚？"青儿反问道。

"我？我一个人早晚都无所谓了，反正回去也会失眠。"

"你是一个人吗？"

"我是一个人来这个小镇的。"

"我的意思是……你的家人呢？比如说你的父亲、母亲，还有……你的妻子……"

"我父母已经去世了，我妻子在老家，她脾气很倔，不愿意跟我到处奔波寻找素材的。"林玄说到这无奈地摇了摇头。

"原来你这么年轻就已经有家室了呀……"青儿叹了口气，脸上的疲惫感更重了。

"对呀！我们很早就结婚了，是父母订的娃娃亲。"

"那……你打算什么时候回去呢？"

"等我结稿了就走，离家太久了我妻子会不高兴。"

"这样呀！那我先回家了，这么晚了，小喆肯定又开始担心我了。"

"那，青儿一路小心。"

"谢谢你的关心，我早已经习惯了。"青儿说完转身走向了茫茫的黑夜中。

2

小镇的旅店坐落在这个小镇的中心，一到白天外面就开始热闹起来，林玄白天一般是不出门的，即使在家也一样，他喜欢在这段时间里安安静静地写作，所以也造就了他孤僻的性格。

林玄盯着电脑屏幕，看着屏幕上一个个的字，本来安安静静的心突然泛起了昨晚那个女子的身影，他停止了打字，走到窗前看着外面白白的积雪陷入了回忆中。

"那个女子……似乎有故事……"林玄喃喃自语道。

夜色刚刚降临，林玄跟平时一样又走进了那家酒吧。轰隆隆的音乐驱赶着林玄又走到了他经常坐的那个安静的角落。

林玄环视了一眼酒吧，没有发现青儿，这让他有一丝的失落。

他端起酒杯抿了一口酒，看着又跳又唱的人群，虽然自己不属于他们，但他们忘记一切烦恼的快乐却影响着他，使他可以暂时忘掉孤独。

他又看向了每一个坐在座位上喝酒的人，是否也有一个跟他一样为了打发孤独才来泡吧的呢？

他的视线慢慢停在了一男一女身上，男的是一个长得很矮，满脸横肉的中年人，而那个女人，是青儿。

青儿正在陪那个男人喝酒，那个男人不时在青儿的身上乱摸着，那猥琐的表情看着让人厌恶。

青儿微笑着迎合着，但可以看得出来，那微笑，有多牵强。

林玄默默地看着这一切，心里有一些凉凉的感觉。他一口将酒饮尽，起身离开了这座酒吧。

回到旅馆，林玄躺在床上辗转难眠，女孩的影子不断在他的脑海里转悠。林玄起身，下床，走到窗前拉开了窗户，一股凉风瞬间穿透了整个房间，他不禁打了个冷战。

"那个女孩……怎么会……"

林玄看着漫天的繁星，虽然星光闪耀，却照不亮他那颗暗淡的心。

他又对着天空发起呆了，时间很长很长……

"嘭嘭！"一阵敲门声把林玄从发呆中拉了回来。

林玄把窗子关好走到门前打开了门。

"是你？你怎么知道这儿的？"

"我向人打听的，这个小镇的人本来就不多，有陌生人来大家一般都会注意到的。"

"不知你这么晚了来找我有什么事呢？"

"这……刚才你看到了是不是？"

"嗯。"

"不是你想象的那样……"青儿满脸焦虑地看着林玄。

"这跟我有什么关系呢？"林玄微笑着看着青儿。

"我只是不想让你误会……"

"可是我都看到了！"

"不是你看到的那样，我也是被迫的……"

"可是这与我有什么关系呢？"

青儿看着眼前的这个男人，突然眼睛里泛起了泪花。

"对不起，打扰了，我该回家了，要不然小喆该担心了。"

青儿抬手擦掉了眼中的泪水，转身走了。

林玄关上门，坐回到床上，他的心被青儿的泪水打乱了。

他再次来到窗前，看着外面那一个孤单的身影，在白色的雪地上显得格外醒目。

"或许，我应该相信你……"

3

已经好几天没有出门了,那家酒吧自然也没有去过,本来今天晚上林玄也打算闷在家中的,可是他实在按捺不住了。

步入酒吧,林玄四处寻找着那一个熟悉的身影,可是无论站着的还是坐着的都没有他要找的那个人。

林玄来到吧台,走向了一个吧台小姐。

"你好,请问青儿在吗?"

"青儿?你找她有事?"

"没什么事,今天怎么没有看到她?"

"她已经几天没来了,据说她弟弟的病情越来越严重了,这几天应该去医院了吧。"

"她弟弟?"林玄有些吃惊。

"对呀,叫小喆,说来也真是可怜,姐姐为了赚钱给弟弟治病什么都做……"

"你知道青儿住在什么地方吗?"

"这……"吧台小姐狐疑地看着林玄,"我好像从没见过你……"

"我是外地来的,前几天跟青儿有过一面之缘。"

"哈!我明白了!你是想……"吧台小姐凑到林玄的耳边小声地说道,"你是想照顾她的生意是吧?"

林玄看着吧台小姐那一脸的坏笑,转身就要走。

"嗨!你别走!我告诉你!也算是帮青儿了!"吧台小姐冲着林玄大叫着。

按照地址，林玄走到了位于小镇边缘的一座小房子前，这座房子是一座很旧的老房子。

林玄轻轻地敲了下门。

"等一下！"

听到这个声音林玄心里突然感到轻松了。

门开了，青儿看到林玄，脸瞬间红了，虽然没有化妆，但这一抹红晕让青儿显得更加楚楚动人。

"你怎么来了？"

"我去酒吧了，打听到了你的事情。"

"她们……跟你都说了？"

"嗯，你何必这么委屈自己……"

"呵呵，这怎么能叫委屈自己呢，只要小喆的病能好就可以了。"青儿笑了，笑得那么天真。

"你太傻了……"

"你快进来吧，外面冷。"青儿把门打开将林玄拉进了屋。

一股清香瞬间扑进了林玄的鼻子里，暖和的屋子让林玄瞬间感到一种从未有过的温馨感。

林玄打量着这个小房间，虽然不大，却被青儿收拾得整整齐齐，家具有些旧了，但上面干干净净的，走过去上面能照见人的影子。就在窗台的花瓶中插着几株百合花，花上沾着几滴水珠。

房子上面有一个小阁楼，看样子应该是青儿的卧室了。

"林玄先生快坐，我给你倒茶去。"青儿走到旁边的一个小炉子旁，取下上面的茶壶，慢慢地将已经早已烧好的茶倒进了一个干净的小茶杯中。

林玄走到屋子里唯一的一张双人沙发上坐下了。

　　"来，林玄先生喝茶。"青儿将茶端到了林玄面前的桌子上，然后坐在了林玄的旁边。

　　"我以为林玄先生不理我了呢！呵呵，今天看到你，真的很高兴！"青儿脸上的红晕又浮现了出来。

　　"你真的是很辛苦呀！"林玄感叹道。

　　青儿看着林玄，只是一个劲儿地笑，就像一个天真的孩子看到了自己的父母或者喜欢的人，那笑容发自内心地不带一点瑕疵。

　　"姐，是谁来了？"

　　"哦，是我的一个朋友，小喆吃了药好好睡一觉吧，"

　　"嗯。"

　　这声音从阁楼上传来，是一个稚嫩的童声，声音嘶哑，有气无力，看样子很虚弱。

　　"他是你弟弟吧？"

　　"嗯，最近病情越来越重了，真担心……"青儿的脸色瞬间黯淡了下来。

　　"从什么时候开始的"

　　"已经好多年了，一直找不到病根，也不知道该如何治，看着他痛苦的样子，我心里也好痛苦。"

　　"放心好了，一定会有办法的。"

　　"嗯！多谢林玄先生的吉言！"青儿看着林玄，又露出了笑容。

　　"你……以后不要做那个了……"林玄看着青儿，眼中满是怜悯。

　　"其实我也不想的，可是小喆……"

"小喆知道吗？"

"不知道，不能让他知道，千万不能……"青儿使劲地摇着头。

"那你就一直打算做下去吗？"

"不知道，走一步看一步吧，何必想得那么远呢，说不定下一刻就不在这个世上了，就算把未来想好了又有什么用呢？"青儿脸上又泛起了微笑，好像这世上除了小喆，没有什么能让她烦心的。

"哎呀！我要准备一下了，今晚上还有应酬呢！"青儿突然想到了什么，有些慌乱起来。

"你一定要去吗？"

"生活所迫呀！"青儿抬起头看向了阁楼上的小喆。

"好吧，那我告辞了。"林玄站起来向门外走去

"对不起，林玄先生，今天有些怠慢你了……"青儿低着头满脸愧疚。

"没关系。"林玄回应着走出了门，突然又返了回来。

"早点回来，不要让小喆担心。"

然后转身出门离开了。

"林玄……"青儿眼角落下了一滴泪。

4

林玄回来后的好几天都在赶稿子，晚上实在孤独了就趴在窗台上向酒吧的方向眺望，在那次以后他没有再踏足酒吧，他怕看到他不想看到的一幕。

"你为什么要那么傻呢……"林玄望着天空喃喃自语道。

突然一个熟悉的人影映入了他的眼帘，是青儿，她在旅馆门口来回踱着步，不知在犹豫什么。

"她是来找我的吗？或是……"林玄不敢再想象下去，他倚在门上，渴望一会能传来让他惊喜的声音。

"嘭嘭"的敲门声打断了林玄的思绪。

林玄急忙整理了一下房间，走到门前把门打开了。

"林玄！这几天怎么没在酒吧见到你？"

"这……我有些事情，所以……"

"这样呀！我知道林玄先生很忙，所以今天来看看你！"青儿冲林玄做了个鬼脸。

"我亲手做的点心，希望林玄先生喜欢。"

林玄看着青儿手中拎着的一个小盒子，突然感到心中暖暖的。

"你快进来吧，外面冷。"

青儿听到林玄的话，高兴地蹦跳着进了屋。

"你最近一直都很忙吗？"

"这个……最近应酬很多……我也没办法呀。"青儿漂亮的脸蛋又皱起了眉头。

林玄起身走到桌子旁，从里面拿出了一个信封，里面鼓鼓的。

"青儿，这是给你的，我不想看到你这个样子。"

青儿慢慢接过信封把它打开了。

"啊！林玄，你这是做什么！"青儿捂着嘴惊叫道。

"我希望你能用这笔钱跟小喆好好过日子，不要再做那样的工作了。"

"林玄……你是在可怜我吗？"

"你怎么能这样想呢？我只是……"

"只是什么？"

"我只是不想看你那么累……"

"呵呵，谢谢林玄先生的关心，这钱我不能要。"青儿把信封又塞到了林玄的手中。

"你真是倔强。"林玄看着脸色憔悴的青儿，慢慢地坐到了她的身旁。

青儿看着坐在自己身边的林玄，脸瞬间红了。

"林玄先生，谢谢你！"

"青儿，我真的不忍心……"

青儿突然扑过来紧紧地抱住了林玄。

"青儿……"林玄伸出双手，把青儿紧紧地抱在了怀中。

青儿温热的脸颊慢慢地向林玄的脸靠近，口中呼出的热气透着一股芬芳，让林玄全身都开始发热。

"不！"林玄突然一下推开了青儿站了起来。

"林玄先生……"青儿眼中流出了泪水。

"对不起！青儿，对不起……"

"呵呵，我知道林玄先生是在嫌弃我，是我不好，是我失礼了。"

"不是这样的，青儿不要误会，我只是……"

"林玄先生不要说了，我都知道的，是我自己不好。"青儿起身向门外走去。

"青儿！我没有嫌弃你！我只是不想乘人之危！"

青儿停下了脚步，站在门口一动不动。

林玄站在那呆呆地看着她……

"林玄……你要是没有妻子该多好……"

青儿突然蹲在地上,林玄听到了她的啜泣声。

"青儿……"林玄从后面紧紧地抱住了她。

青儿转过脸来看着林玄,泪水打湿了双眸,让她本来大而明亮的眼睛看起来有些模糊了。

"你很爱你的妻子吗?"

"嗯。"林玄回应道。

"真是抱歉!我太失礼了!"青儿用手擦掉了眼睛上的泪水,起身走出了房门。

林玄看着走掉的青儿,一屁股坐在了地上。

"青儿,对不起……"

林玄空洞的眼睛看着敞开着的房门,慢慢地闭上了。

世间最痛彻心扉的感情莫过于明知不可能在一起,却还要固执地爱到撕心裂肺,直至成殇,终成凄凉。

5

青儿的影子就像幽灵般天天在林玄的脑海中打转,为了不去想她,林玄天天把自己关在旅馆中写作,不停地写,不给自己一点闲暇的时间。

几天下来,他的稿子居然提前写完了,轻轻地敲下最后一个字的那一刻,也预示着他该回去了。

林玄慢慢地收拾好行李,他环视了一眼这个小屋,有点恋恋不舍,当然，最重要的是那个人。

"我应该去跟她告别的。"林玄喃喃自语道。

他步出旅馆，走向了那个已久未踏足的酒吧。

酒吧还是老样子，依旧那么吵，林玄走到他的老位子上坐了下来。

看着五颜六色的灯光在酒吧里肆意地闪烁，林玄的心也跟着这灯光剧烈地颤抖着，那个熟悉的身影就在那里，他该怎么说出口呢？

青儿把目光投向这个角落，脸上露出了灿烂的微笑，她把手中的几个托盘放下，快步地向这边走来。

"你终于又来了，我每天都会注意这个座位，可它总是空着的。"

"我今天是来跟你道别的。"

"什么？你要走了吗？"青儿脸上的笑容渐渐消失了。

"嗯，我的工作已经结束了，该回去了。"

"林玄先生等我一下，我去去就来！"青儿说着跑进了酒吧的后台。

不久她出来了，身上的工作装已经换成了她平时的休闲装。

"林玄，走，我带你去一个地方。"说完，青儿拉着林玄的手奔出了酒吧。

"你要带我去哪？"

"一个你没去过的地方。"

"我没去过的地方？"

"嗯。"

青儿不再说话，拉着林玄只是一路狂奔，在刚刚被雪花覆盖的路面上留下了他们一连串的脚印。

他们跑到了小镇的尽头，穿过一片已经被积雪覆盖的芦苇，来到了一片梅花林，步入这里的一瞬间，仿佛全世界都被粉红色覆盖了，满树的梅花映红了半边天。

"看，就是这里，我心情不好的时候就喜欢自己坐在这里发呆。"青儿看着眼前的粉红色，微笑着说道。

"好美！"林玄从没见过如此繁茂的梅花，天地一色，全是粉红。

"我就知道你肯定会喜欢这里。"

林玄看着青儿脸上洋溢着的开心与幸福，他也笑了。

"青儿，希望你以后都能像今天一样快乐。"

"呵呵，我会的！"青儿使劲地点了点头。

"我喜欢这里，小喆还没生病的时候，我跟他经常在这里嬉戏玩耍，那时真是好开心呀。"

青儿看着这一片粉红，陷入了回忆中，她慢慢伸出一只手从地上捡了几片花瓣。

"林玄，送给你，希望你每次看到它的时候都能想起我。"

林玄接过那几片花瓣，将它们轻轻地放进了外套的口袋中。

"青儿，我要走了……"

这句话仿佛毒药一般，让青儿瞬间由刚才的开心快乐变得极其痛苦。

"林玄，你，还回来吗？"

"这……"林玄皱起了眉头，把视线移向了一边。

"我明白了，祝你一路顺风。"

"青儿，你不要再做那个了……"

"嗯。"青儿应了一声，慢慢蹲下抱着双腿坐在了地上。

林玄看着她，心里说不出的难过。

"林玄先生，要走的话就快走吧，不要耽误了你的行程。"青儿突然说道。

"那你……"

"我在这坐一会，一会就回去。"

林玄看着坐在地上的青儿，把自己的外套披在青儿身上，转身走了。

"你，还回来吗？"青儿紧紧地抓住林玄的外套，眼泪哗哗地流了下来。

夜色不知不觉悄悄地来临了，坐在地上的青儿慢慢地站起来，紧紧地抱着林玄的外套离开了这里，从外套的口袋中掉落了几瓣梅花，被风吹向了远方。

外面的风呼呼地吹着，雪越下越大，整个小镇变成了白色的，犹如被大雪埋没了一般。

青儿轻轻推开房门进屋，慢慢走向了阁楼。

"小喆，我回来了，你好点了没？"

寂静的屋子没有丝毫回响。

"小喆，你睡着了吗？"

青儿走到了小喆的身边坐了下来，她将手轻轻地搭在了小喆的额头上。

一股冰凉从她的指尖传到了全身的每一处神经。

"小喆……"青儿将他僵硬的身体轻轻地抱了起来

6

一年后。

"你好,请问这家房子的主人去哪了?"

"你是说那个女孩吧?去年就已经不在了,自从他弟弟去世之后就没有再见过她。"

"什么?小喆去世了?"林玄惊讶地瞪大了眼睛。

"对呀,说起来挺可怜的,本来姐弟俩相依为命的,可是……哎……"路人叹口气离开了。

"青儿……"林玄看着已经荒废的房子,心仿佛掉进了冰窟窿。

林玄离开小镇来到了火车站,买了回程的车票,或许这里的一切都将要化作回忆了,一段让人痛心又遗憾的回忆。

前面是一个便利店,林玄低着头走了进去。

"小姐,麻烦给我拿一瓶可乐。"

对方沉默不语。

"小姐,麻烦……"抬起头的林玄看到对方熟悉的面孔时,嘴角上扬,开心地笑了。

作者简介:郭小发,曾以笔名悠然沉思在长江文学网发布长篇小说《我是一只狗》,在榕树下文学网发布《莫让爱遗逝》《逃生》《是谁骗了谁》等文章。

▼▼▼▼▼

"我再也没有那么细腻又卑微地暗恋一个人,他永远留在了我的日记本和记忆里,成为那些年,时光倒影里的少年。"

▲▲▲▲▲

时光倒影里的少年

文 / 飞与飞鱼

①

"严北!"

曾经有一段时间,每次听到有人叫起这个名字,我都忍不住一起扭头寻找。只不过,这个名叫严北的男孩在寻找叫他的人,而我在寻找心中那个叫严北的男孩。

那年我 15 岁,上高一。

严北是隔壁班的语文课代表。起初,我对他最大的印象就是眼睛明亮,炯炯有神。但是每次他的眼睛看向的,却是坐在我身后的卢晓颖。

卢晓颖也一直是个明亮的女孩。她从初中时候就跟我同班,长相白净成绩好,每次学校的演讲比赛她都是指定参赛选手,一番感情饱满、慷慨激昂的演说之后，在我们的掌声和羡慕的目光里稳稳拿下一等奖。我从初中开始，就期望成为她这样口才出众的人；而到了高中，更加羡慕她是严北喜欢的人。

我知道严北喜欢卢晓颖，是因为卢晓颖的闺蜜婷婷。

有一天下课之后，婷婷神神秘秘地跑到我面前，说："小雨，你写字好看，拜托帮忙抄封信好不好？"

"哈？什么信啊？"

"隔壁班严北写给晓颖的，他想追晓颖。"婷婷是趴到我的耳朵边儿上说这句话的。她小心翼翼地用手围成喇叭的形状围住我的耳朵，由于靠得太近，随着说话喷出的大量温热气流冲击到我的耳廓上，也挤进我的耳道里，又痒又难受。

"他自己写字不就很好看吗？"

"嘘——你小点声儿，晓颖还不知道。"婷婷抬头朝后看了看，晓颖并不在座位上，"严北觉得自己写字太乱了，让我找个写字好看的人帮他抄。"

他写的字不是乱，是潇洒！我差点脱口而出，但我只是点了点头，轻轻说了声："嗯，行。"

第二天，婷婷就带给了我严北写给晓颖的第一封情书。

相比我的字体，其实我更喜欢严北写的字。不像我一直规规矩矩写的正楷小字，严北已经在写漂亮的行楷了。一个个字就像是有了自己的生命，会行走、奔跑、舞蹈，勾连之间都蕴藏着飞扬的神采。他习惯用横线格纸的两行来写一行字，字大，每个字都有着充分自由的空间。严北写了两三张的内容，我誊抄下来不过也就一张多一点儿。

只不过他的内容比他的字幼稚多了。

他竟然写，他和晓颖从幼儿园时候就认识，并且那时候就开始喜欢她，并且还小说一般详细地描写了不少他俩在一起玩的童年趣事儿。他一定觉得这是一个名正言顺的理由，可是我觉得他这个理由简直荒唐极了。

2

我喜欢严北，可不像是他喜欢卢晓颖的理由那么幼稚薄弱。

我知道他坐在倒数第三排靠窗的位置，同桌是一个矮矮胖胖的男孩子。每次经过他们班敞开的后门的时候，朝里望去，正好可以看见他。有时候他趴在桌子上小憩，有时候好像是在跟同桌讨论一道数学题，每当这时候，我总是不由自主地对着他的背影莞尔一笑，不知道他是否会感受到后背突然温暖了一下。倒是偶尔有时候，他无意间扭头扫了一眼门口，我惊得立马收回目光，没有来由地脸红心跳。扑通扑通，心脏跳动的剧烈程度似乎都能挣脱身体。而下一秒他收回目光，我就会释然又失望——我多希望他能够知道我喜欢他，可是，又害怕。

我知道严北会参加下周的语文知识竞赛。这个竞赛是需要先在本班报名初赛，每班选出两个人去参加学校的复赛，优秀者还可以晋级市里的决赛。平时我最讨厌背诵课文和文学常识，只有那次，老师宣布了这个比赛开始报名之后，下了课我第一个跑到我们班语文课代表面前说我要报名。不过最后，努力背了好几天题库的我晋级了学校的复赛，他却没有，于是我也没有什么动力参加接下来的比赛了。

我知道我们两个班正好是同一节上体育课，他选修的是篮球。他的个子并不是很高，但是身子灵活，往左一个虚晃的动作，紧接着就从对手的右方穿过，投球入篮。那一年我看了很多混杂着暧昧情愫的青春小说，一个个年轻的爱情故事，我多希望像是小说里的女主角一样，在男生打篮球的时候，坐在看台上拿着一瓶水，然后递给休息时满脸汗水的他。

可是我还知道，他已经给卢晓颖写了三封情书了，卢晓颖一封也没有回过。婷婷说晓颖根本不喜欢他。我一边暗自庆幸,一边又为严北抱不平。严北虽比不过偶像剧里面帅气的校草,但是俊朗的眉眼和白皙的皮肤已经让他在同龄的男生中显得出众。他有才华,在我看来,他写给卢晓颖的诗一点都不比我在书上看到的铅字印刷差。他还温柔细腻又长情,上一封信上,他痛苦地写"我都决定喜欢你一辈子了,你喜欢我一下子都不行吗?"真是看得我心疼。他那么好,你凭什么拒绝他?

很奇怪的是,自从我喜欢他以来,我们每天遇见的次数也比以前多了起来。

在教学楼里,我上楼的时候,正好能够遇见拎着水杯下楼打水的他。我们在各自方向的右侧,只有我在交错走过之后又回了头。

在操场上做课间操,"转身运动"转身的时候,正好可以看见懒洋洋地转转身子伸伸胳膊的他。我真希望时间静止,不用再转身回去。

在自行车停放区,我俩的车子正好挨放在一起——他骑的是一辆帅气的黑色山地车,经常放在距离车区门口三四米的距离。每天我骑车来到车区之后,第一件事便是去寻找他的自行车,然后费力地把停放在旁边的几辆车子使劲儿挨紧,把自己的车子插放进去,便能快乐地从上学惦记到放学,偷偷观察他什么时候离开教室。如果放学来到车区的时间一致,就有机会很近地打个照面儿。

时间久了,相遇多了,我甚至有时候都怀疑每天他是不是故意的了。

年轻的岁月总是被淹没在早读的英语单词和古诗文里,懵懂的爱情却像是数学方程式一样难解。我企图像历史老师说的"以史为鉴",拼命看了很多青春小说,期望能够在里面寻找到可以套用在自己和他身上的爱情理论，却可惜我们并不是化学方程式里面可以进行计算的元素，所有事情的发生发展都不能够如预期那么顺利，甚至有些乌龙。

  时间过得飞快，他在我日记本里面也越发生动和全面起来。数算下来，原来我已经喜欢了他一年之久。

  而这一年间，严北一共给卢晓颖写了 17 封信，每一封都经过我的誊抄，卢晓颖没有回过一封。严北给过卢晓颖一个厚厚的本子，里面是细腻的他写给她的日记，可是卢晓颖翻都没翻就让婷婷送回去了。我和婷婷表面上关系越来越好，其实不过是想要多从她那听听关于严北的消息。八卦的婷婷跟我一起打开严北写给卢晓颖的日记本，每一页都是她，多像我的日记本里每一页都是他。

  陈奕迅在《红玫瑰》里唱道："得不到的永远在骚动。"严北越发像夏天里的一把遮阳伞，冬天里的一张绒被，困倦时的一杯咖啡，平淡时的一颗糖。而我却只能暴露在夏天的烈日下，蜷缩在冬天的角落里，在一个又一个呵欠里犹豫，在一天又一天的平淡里纠结。

  故事里说，其实爱情很简单，不过就是他爱她、他不爱她、她爱他、她不爱他的交替组合，像极了计算组合个数的数学问题。但是暗恋更像是被排除在外的一种吧，没有交互组合，只是一盏明亮的聚光灯打下来，凸显出清冷冷的一个影子。

  直到这个星期班会的时候，班主任重新调整了座次，我的同桌换成了"花儿"。

  女孩之间大多数喜欢用交换秘密来建立关系，而在那个年纪，喜欢一个人，就是天大的秘密了。

  "小雨，你有没有喜欢的人呀？"课间，"花儿"斜趴在课桌上，眨巴着眼睛问我，长长的睫毛就像是一只振翅欲飞的蝴蝶。

  "花儿"是我给她取的绰号，因为我觉得她漂亮，并且勇敢，就像一朵不会畏惧风吹日晒的花儿，在适当的季节淋漓尽致地展现自己的美。花儿的恋爱故事几乎是年级里人尽皆知的，甚至被传为佳话。品学兼优的她喜欢不良少年，他因为打架受伤住院，她逃课陪床三天。视恋爱如洪水猛兽的老师和家长就都知道她早恋了，百般阻挠却阻拦不了少女对于爱情的信心。后来，那个经常打架的不良少年竟再也不逃课了，学习成绩也稳步提升，活生生演绎了一场现实版的《我的少女时代》。后来老师们似乎也默许了两个人，爱开玩笑的年轻老师偶尔还会问什么时候能够吃到他们的喜糖。

"我告诉你，你可不要说出去哦。"还没有说出来他的名字，我的脸就已经红了。

"说吧。"她的声音压低，显示着她期待这个秘密。

"你认不认识隔壁班的严北？"

"哦！他啊！"她眼球向上咕噜一转，恍然大悟一般，笑着说，"感觉他长得很好看啊，并且听说他也很喜欢看书，跟你很搭啊。"

"呃……其实……我很羡慕你，那么勇敢……"看着她弯成月牙的眼睛，对我却像是一柄锋利的小刀，悄悄割开一年来的默默思念，犹如一只在野外独自飞舞的萤火虫，始终没有等到期望能来欣赏的人。

"你喜欢他多久啦？"

"我给你看我最近的日记吧，都跟他都关。"

第二天早读课，花儿把日记本还给了我，一副愁眉苦脸地说："雨啊，好心疼你。暗恋一年多了。"

"嗯，有时候很痛苦，想放弃又舍不得。"突然有人懂了自己的辛苦，心里的委屈就像是决堤的洪水，准备倾倒一番。

"要不你去给严北表白吧？"她的眼睛亮亮的，充满了期待。但是她的提议让我踌躇。

"我……怎么能女孩子先表白呢？"

"这有什么不能的啊！如果你不好意思当面儿说，就写信，我去帮你送信！不然他都不知道你喜欢他，多遗憾啊。"我认为特别难的事情，竟然被她用这样轻松又坚定的语气说出来，我也不免有些受到她的感染。

"唔……"

"哎呀别犹豫啦，不管能不能在一起，总要让他知道你喜欢他啊。"

④

信写了，我特意去文具店买的信纸。粉红色暧昧俗气，蓝色又太冰冷绝望，白色平淡无味，黄色更是让人燥得难受，选择恐惧症的纠结之下，用淡绿色寄托了我零星的希望。

但是我不确定，不确定他是不是喜欢我，不确定他看到信之后什么反应，也不确定如果他拒绝了应该怎么面对他。但我更恐慌，他收到信会不会把我喜欢他的事情当个笑料说出去？卢晓颖和婷婷知道了怎么看待我？如果他没有拒绝，那我们应该怎么相处？

"严北，也许你收到这封信有些意外，我只是希望你能告诉我一个放弃的理由。我知道你喜欢了晓颖很久，但是我喜欢你也很久了……"

从信的开头，我似乎就已经败下阵来，不像是一封求爱信，更希望他能手起刀落，让这段暗恋死得痛快。并且还特意写明，拜托请保守我喜欢你的秘密吧，谢谢了。最后写下班级和名字的时候，就像是在一份事关安危的协议书后面签字画押。

第二天课间，再次经过隔壁班门口的时候，刚走到门口的严北突然叫住我。

"同学，请等一下。"

我抬头看了他一眼，随即便惊慌地低下头。他脸上有笑，眼睛比平时都明亮了更多。我的周身仿佛包裹一层真空，楼道的嘈杂笑闹被隔离在外。心里像是揣着一只企图寻死的兔子在毫无节奏地乱撞，时间像是落入了黏稠的液体里，每一秒都让人等得难受。我试图想他会对我说什么，我应该怎么回应，可是大脑里面一片空白。

"麻烦把 xx（花儿的本名）叫出来，谢谢啦。"他的声线低沉，仿佛蕴藏着无尽让人好奇的秘密，此刻口中说的却不是自己的名字。

我有些懵，惊讶地答应了他。明明几步的距离，却逃也似的小跑到花儿的位置，告诉她严北找她。

严北的回信里说：

"谢谢你，不过对不起，我从幼儿园就喜欢晓颖，心里已经容不下别人。我们可以做好朋友。不过，我好像还不认识你……"

我哭笑不得，花儿也哭笑不得。

"你们不是经常遇见吗？原来他一直把你名字跟人对不上号儿啊。"

后来，也许因为太过于尴尬，我跟严北也没有做成好朋友。

再后来，紧张的高三生活就开始了。充实的生活冲淡了对于懵懂感情的渴望，我们去了不同城市的大学，断了联系。

很多年过去了，我再也没有那么细腻又卑微地暗恋一个人，他永远留在了我的日记本和记忆里，成为那些年，时光倒影里的少年。

作者简介：飞与飞鱼，一个正在努力写写写的写作者。

"这世上最伤自己的，就是我以为。"

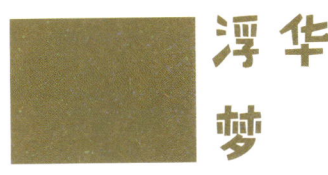

文 / 玖夜

1

我觉得这么文艺的名字是不能形容我那傻瓜似的青春,但说到青春它总该是文艺才对,因为属于那段日子的回忆,谁都希望是美好且值得纪念的。

所以当发小告诉我林欣被江浩那死小子追到手并且要结婚这种烂梗时,我终于舍得花点时间来回忆。

2

2009 年的秋天是进入高中时代的日子。

犹记开学那天,我为了躲被倒霉抓去清洗男厕的发小来找我帮忙,直接在操场边拦住了一个搬新书的女孩,我那时想搬书总比清洗男厕好吧,于是在看见她迷茫的神色时露了个微笑说:"同学,我来吧。"

我只记得那时我表现得十分绅士,没有优雅至少十分礼貌,加上我长得白白净净的,怎么样都不能算坏人的脸,可是她惊讶了一会后也十分礼貌并且有些懵懂地回答:"谢……谢谢,不用。"

其实这也无所谓,她拒绝了大不了我再去找其他女孩子,我相信还是有很多人需要"帮忙"的,可惜的是我已经看到发小挥舞着长长的水管,带着热切的目光从男厕那边往我这奔跑,那时候再不跑并且拒绝他的求救,我相信他绝对会毫不留情地拧开水龙头就往我身上冲的。

那时候脑子一转,咬咬牙,二话不说硬是将那女孩手上的语文书给抢到手中抱着,说:"你现在不想我帮忙也不行了,就当是免费劳工,你不用太感动的!"

其实那会我已经被发小手中的水管与他那热切的目光给搞蒙了,抱着一沓语文书朝发小跑去,他以为我良心发现主动来帮他,欢呼高叫我的名字,然后我往与他相反方向的教学楼跑去,上楼后冲着呆立操场边缘的发小喊道:"我要帮妹子搬书,你请便!"

然后我听到随后跟来的女孩一声轻笑,还有发小拧开水龙头的"哗哗"声,清澈的水柱雄赳赳,气昂昂地往二楼冲来,我那时正俯身朝下方的发小讲话,结果那水柱直冲我脑门而来,并且连累了上前的女孩,最后在水花声中听到的就是她的尖叫。

我狠狠地抹了把脸上的水瞪着发小,他拿着水管尴尬地笑说:"那啥,我只是想告诉你,经过我的三寸不烂之舌班主任已经让我来清理花坛……"

我知道他的尴尬完全是因为连累了一个陌生妹子被喷了满身冷水,如果只有我一个人,那么此时他只会笑得无比嚣张。当时我心里那个怒啊,随手拿起一样东西就朝楼下的发小扔去，耳边传来女孩子的叫声，发小"哇哇"大叫着躲了过去，随即得意地笑说没扔到，我当即就又拿起了一样东西朝他扔过去。

"你们三个，来我办公室一趟。"

突如其来的低沉男音让我的动作一顿，发小得意的笑声也从此消失，我看了看站在他身后戴着眼镜面容严肃的主任，神色彻底僵硬。这时只有站在我身后的女孩语气很轻地说了一句话："你刚才扔的，是语文书。"

我瞄了眼手中的语文书，心情顿时无比沉痛。

这就是我一生中最糟糕的入学日，一身淋湿的在办公室被训了二十七分钟，左边是满脸无所谓的发小，右边是满脸浅笑的林欣。

事后我对林欣满心愧疚，新生聚会的晚上我拉着发小过去给人道歉，发小情真意切地说着："害你一个女孩子被水淋成那样真是十分抱歉，这不一离开四眼黑怪（班主任外号）的视线范围就带着同伙来道歉了。林美女你大人大量千万别记小人过，那话怎么说来着？最毒妇人心！你知道咱兄弟俩没什么钱，你要是劫色你可以考虑考虑，反正姜时长得白白净净，虽然比我差了些，但我不会介意的，所以你放心地去劫吧！说起来你这笔哪买的，上面的有DK签名啊！我跟你说我上次去的时候……"

我心说这什么乱七八糟的，连忙去看林欣的反应，要是她直接掀桌子揍人我好歹要保证自身安全。

"哦哦，没事没事。"

结果对于我们的道歉，林欣一直没正眼瞧过，埋头在本子中，心不在焉地回答着,听不出喜怒。

我本来觉得发小道歉道得如此有兴致也就不好意思打扰,躲一边看小说,发小见了林欣的反应后凑过来问:"你说她是不是心里记恨啊?"

我踹了他一脚,冷笑说:"就你刚才那道歉态度要是我早掀桌子了。"

发小想了想,说:"要不姜大才子你去试试?她要是一直这态度我还真拿不准她原谅还是不原谅,第一天来对新同学咱们要友爱是不?"

最终我还是在发小的三寸不烂之舌劝说下过去了,林欣蹙眉看着本子,一手漫不经心地转着笔,见着我走了过来挺诧异地挑了挑眉。

"先前的事,很抱歉。"我拿出真诚的表情看着她说,"放心吧,要是你感冒了我们会付药费的。"

林欣点点头,接着低头看着本子不说话。

发小朝我露了一个苦瓜脸,我也有些无奈,林欣这态度真的是让人难猜啊,于是我硬着头皮又问了句:"那你是原谅我们了?"

林欣搁了笔,收起本子说:"嗯?我没怪你们呀,而且我还有事,就先走了。"

我眼睁睁地看着林欣从我眼前离开,发小赶紧跟了上去,我心想这女孩子实在是心太好,心太好啊,反正发小喷了我一身水被我坑了两百块钱。

半晌后发小回来,揽着我的肩贼兮兮地笑,我说:"你对人家姑娘干了啥一脸猥琐?小心我大义灭亲送你去警局啊。"

发小面部表情抽了抽,接着继续贼兮兮地笑着说:"亏你还是个浪漫派小说作者,这种猥琐思想到底是哪来的?你猜我刚才看到了什么?"

我摇了摇头,说:"我只知道浪漫派诗人。"

发小似乎对我无语,咬牙切齿地说:"我刚看见林欣去隔壁班见了江浩。"

江浩这个名字我是有印象的，别看我发小有些神经质，可是他的学习能力可不神经，初中时长年霸占着全校第一名这个位置，不过现在嘛，长年第二，压在他头上的就是江浩。

听闻是他仇敌，我也就顺便好奇起来。

"林欣去找江浩？他俩要是早恋你去报信，下一次你就是第一！"

发小怒，说："我是这种人吗？"我点了点头，他不理我，继续说，"人家林欣去可是叮嘱那家伙记得早点回家还把钥匙给他，原来他的青梅竹马就是林欣啊！"

我愣了愣："你怎么知道他有个青梅竹马？"

"哦，以前我被别人叫万年老二很不爽，拿你的 QQ 号改成女的去勾搭万年第一的家伙让他跌榜，结果他无比矫情地回答说什么他有喜欢的人还是青梅竹马，就算我将你头像换成美女也没法诱惑他，郁闷死我了。"

我看了他半天，发小还在惋惜，于是我没忍住，挥拳揍了他。

卧槽，我说那段时间怎么总有男性加我号！

4

我从去年写小说发表在杂志上，多是悬疑恐怖，少有爱情，但编辑说要改版让我加爱情元素，我看着通知愣了半天，心说老子连姑娘的手都没牵过你让我写爱情？不过现在有个活生生的青梅竹马例子在我眼前，男的是万年第一好学生，女的，大概是普通学生一枚？反正这就是促使我练习小说的真实题材！

…………

好吧我说实话，还有一半是因为发小仍旧想要继续他以前未成功的

"将江浩这个万年第一从榜单上拉下来"的计划,所以我每天都陪他找林欣聊天,见面就打招呼调侃,林欣也是性格开朗,陪着我俩耍宝。

我和发小两人也不住校舍,两人又是从小长大,所以来到新环境也不会太尴尬陌生,也就不太在意需要与其他新生打成一片这个理念,与林欣的互动也是因为有目的,况且新生之间本就该这样主动交流,结果不知道是不是太主动了,一个月后就有传我和发小喜欢林欣这种谣言。

我是无所谓,发小觉得这有利于刺激江浩,听到后还模棱两可地回答,只有林欣最直接,直说咱们仨是朋友,当然没有什么人信。

那时候也不见林欣与江浩有什么互动,她下课就待在位置上看书或者做题,鲜少出去,发小就会拉着我过去跟她聊天,多数聊各自以前的往事,不过我早给他打了招呼不准透露我作者的身份。中午一起去楼顶天台吃饭,晚上放学她与江浩一起回去,这时候我和发小都会默契地不去打扰,然后默默地藏在他俩身后观察。

发小问我看出什么来了,我说就看出这江浩好像不怎么说话,难道他结巴?

当然不是,那家伙在辩论会上嘴巴就像是机关枪一样!

这时候我就狐疑地看着他,语重心长地说:"哥们你别总是关心江浩啊,人家有青梅竹马你还拿女号勾搭,勾搭不成转而收集资料来个默默关注。我跟你说花儿哪都有,你可别就看上一棵草。"

我相信以发小的智商还是能听懂我这委婉表达的意思,果然话音落后就见他阴沉着脸看我半天,最后咬牙吐出几个字:"算你狠!"

我没怎么放在心上,只是寻思着怎么对付下个月的改版文,思来想去还是想不出怎么写。

接下来的日子就有些意外,发小像是铁了心想向我证明些什么,跟班里的另一名女同学打得火热,可惜人家是个冷美人,他是个二货。于是我去忙小说,他去忙妹子,倒是没人再关注林欣,可是她过得依旧自得其乐，偶尔还会帮发小逗笑冷美人。

她就像对什么都无所谓一般，有人走进她的世界，她却给别人留了一道门，她在门内，无所谓门外的人是否还在，又是否离开。

我发现这点后就突然来了兴趣，有次体育课，见发小依旧只顾着美人也没去打扰，巡视一圈发现坐在树下拿着笔在本子上安静写着什么的林欣。

她穿着雪白的运动服，单腿微曲，本子搁在膝盖上，微俯着身子，碎发从她耳后滑落跌落在本子上，树荫未曾笼罩到她，反而是明媚的光线洒落她身上让人感觉有些懒洋洋的味道。

即使我对于整个高中时代的记忆都有些模糊时，这幅画面却十分清晰地存在我脑中，甚至一度想起林欣这个名字，脑中第一个出现的也是这个场景。

她白皙的皮肤在细碎的阳光下更加透亮，停笔时歪了歪头，轻颤的眼睫，微抿的双唇，似乎是在思考。

我看得正呆，没曾想她会突然抬头看了过来，被打了个措手不及，总之那时候我反应肯定特傻，因为林欣看着我"扑哧"一声笑得十分欢乐。

我心想笑就笑吧，周幽王为博美人一笑连江山都葬送了，虽然我不会为美人葬江山，但出点丑也没什么，于是尴尬一会儿后又自然地走了过去。

"你一个人干吗呢？"我站在她身前低头问道。

她微抬了头，眼角仍旧带着笑意："写东西。"

啧，一看就知道不会是在写作业，难道她也是小说爱好者？我感兴趣地问道："写什么东西？"

她也没有迟疑，拿起本子朝我晃了晃悠悠道："歌词。"

一时间我有些失望，挑眉道："谁的歌词能让你这么喜欢？"

林欣又是"扑哧"一笑,右手转着笔,语气轻快。

"当然是我自己的。"她微微眯眼,"江浩作了曲让我填词,因为有些急所以没办法只好体育课时也继续写。"

那瞬间我心里的失望陡然消失,脑子里想的都是这么一个剧情。

男主角是个万年第一,与爱好作词的女主角是青梅竹马,他们的互动是一个作曲一个作词,因为男主不善言辞表达感情让女主误会自己单恋,想要放下的时候男主看见她曾经写的歌词终于鼓起勇气告白,然后在一起,接着交稿,最后等结果!

当我还沉溺剧情构造时,却被林欣一声唤醒。

"说起来你也算是与文字打交道,要不帮忙改改?"她仍旧拿着本子朝我晃了晃,笑容明媚。

看在她给了我一个十分圆满的故事情节上我立马答应,接过本子看了起来,指出几点修改后给她,林欣看后弯眼一笑,道了声谢。

"看你总是写恐怖小说,没想到对歌词也这么有研究,下次还能找你吗?"她起身笑着说道。

"当然可……你怎么知道我写恐怖小说?"我竟然没发现这个!

林欣抿唇,朝远处的发小歪了歪头:"他说的。"

于是当晚我让发小赔了我一百块失口费,理由是让人知道我写这么血腥暴力的玩意会追不到妹子。

5

当我顺利地将稿子写好欢快地准备上交时,编辑通知改版取消,延续以往的风格,那轻松柔柔还带讨好的语气愣是让我把已经蔓延到喉咙的粗口给压下去了。

　　为此将写好的稿子扔进了箱子底打算眼不见为净，接着又急急忙忙赶新稿，因为被打断了计划，所以赶了新稿又应付考试，考试过后又是什么运动会，结束了一切活动就又是考试，新生生活十分忙乱，直到高二后，才将四周完全熟悉起来。

　　高二完全是个值得纪念的时期，因为在高二期末我值日的那天，教室里的人已经走得只剩下我和林欣，昏黄的夕阳从窗外透射进来把整个教室渲染得十分温暖。

　　我将黑板擦好后放下板擦，看着仍旧在座位上的林欣笑道："又等江浩？"

　　与林欣相处这一年倒是十分欢乐，她这个人总是笑眯眯的，让你看不透，身上却有股气质能吸引你想去了解。

　　她摇了摇头，手里把玩着一张纸，大概是一页作业本大小，被她折成一半。

　　林欣笑着走过来将折成对半的纸递给我，我瞧了她一眼，心说怎么回事？递情书？一时间气氛有些尴尬，我也不知道该不该接，要真是情书我是该拒绝还是答应？

　　拒绝了肯定很不舍，答应了就怕江浩待会就过来给我一拳，虽然也没说明人家就喜欢林欣……

　　脑子里一时间什么乱七八糟的都在想，我只得故作镇定地问："这是什么？新词？"

　　林欣眼角带笑，我总觉得她嘴角扬起的弧度都十分美好，但她的回答十分干脆："情书啊。"

　　情书……

　　我想我的脸肯定已经红了，真没想到第一次被女孩递情书会是林欣，这种感觉很奇怪，因为我和她的相处模式一直都是朋友与知己，偶尔聊聊人生哲学也是一种惬意，可是现在这人给你递情书了，你绝对不会想拒绝，又犹豫着答应，这种感觉十分矛盾。

然而还未等我矛盾完，对面的林欣已经又是一笑，这次的笑容说不出的促狭："喂，你小说写那么好，怎么写的情书就这么简单没意思呢？"

啥？我写的情书？我什么时候写情书了还写给你？

我立马夺过了她手中的对折纸，一看的确是封情书，字迹也与我的十分像，但却只有一行字：林欣，我喜欢你。

落款：姜时

那一瞬间我心头一阵崩溃，并且发誓要是找到始作俑者一定让他写"姜时是我大爷"写到手抽筋然后一张一张地吃下去！

我将那信揉成团捏在手心，然后对林欣抱歉地说："虽然不知道怎么回事，但这情书不是我写的，不过我一定会查清楚的！"

一定查清楚然后让那家伙将情书吃下去烂在肚子里！

林欣却只是惊讶地看了我一眼，我满脸无奈，毕竟字迹也挺像我，我无法解释，只能等她反应。

"真不是你写的？"她问。

我点头："真不是。"

她突然抿唇一笑，一双眼睛认真地看着我，那目光太过认真专注，我心底没来由地一跳，还来不及想些什么，就听她语气缓慢地说道："姜时，我喜欢你。"

姜时，我喜欢你。

我从未想过天际夕阳映射的光芒可以将玻璃窗透染得那么漂亮，一大片绯红之色晕染开去，那暖暖的光芒洒满整间教室，就连林欣垂落肩头的黑发也显得那么唯美。

我看着她因光线而显得十分柔和的侧脸，心跳有节奏的鼓动，冲动的感觉与一种无法言说的心情混杂在一起，那一刻窗外的爬山虎都停止了疯长，静谧地等待着。

6

然后，就没有然后了。

女孩告白了，男孩当然答应了，那时候还管什么"江浩这个青梅竹马说不定冲过来就给一拳"的想法，那时候我只注意到女孩在柔和光线下朦胧的身影与璀璨的眼眸。

这也可以总结一句，我拒绝不了。

事后没几周就是暑假，因为没了学校的束缚，两人又是在一座城市，相处下我对林欣又有了几分了解。两人在一起似乎更加亲近，我也发现她笑容越来越多，双眼笑弯成月牙状的模样十分可爱。

我陪她去逛电玩城、游乐园、进鬼屋、看电影、夜晚江边散步，做尽一切情侣之间浪漫的行为，那个暑假，大概是我青春中唯一美好的时间。

我看着她在江边玩水，长发懒散地束起，只留几缕鬓发滑落，她眯着双眼像是个孩子。

挽起的裤角露出白皙修长的小腿，荡漾在清澈的水流中。

我发誓即使发小猥琐地形容林欣的身材怎样美好，但我绝对没有那种猥琐的思想，只是偶尔牵手能感觉到女孩子柔软的掌心，即使是迷离的夜晚我看着她在浅江玩水的身影，也只是想着她高兴就好。

又一年的开学时间，忙碌而有压力的高三。

因为忙着赶稿我对于学习一向是及格就好，可是高三永远比我想的要忙，以至于忙到忘了林欣。

还是发小提醒我，说是你真要为了江山弃美人？

那时候的孩子谈恋爱会干些什么？

早上送早餐，晚上陪回家，天冷了要问暖，天热了要嘘寒，总之照顾女朋友都是男朋友的义务。

发小说："女朋友是拿来宠的。"

虽然我也是这么想的，但我发现在林欣身上完全行不通。

林欣这种女孩子实在是不用人担心，天冷了她知道多穿衣，天热她知道躲树荫，从来不会忘带早午餐，也不会随时撒娇乱发脾气让人哄，我就对发小说我女朋友很乖很强大小女生那套完全不用，他"啧"了一声，神情有些古怪。

我那时被数理化忙疯了，也没细想，只是偶尔与林欣聊上几句。

直到数学考砸被抓去办公室狠训一顿，四眼黑怪愤怒地将我写的小说狠扔在地踩上一脚，冷笑说我玩物丧志。我站在他的桌前，周围是还没有离开的老师，对面不远是帮着老师们批卷的江浩，我清楚地看到他抬眼朝我不屑一笑。

我与他的接触其实不多，简直是五个指头都数得过来，其他都是见面时的擦肩而过。

此时四眼黑怪的行为无疑让我愤怒，而江浩的那一眼让我觉得憋屈，这就像我不想让我此时被羞辱的模样被林欣看到的心情一样，也不想被情敌看到。

于是我冷笑着捡起书狠狠地扔在了四眼黑怪的脸上，在四周老师的惊呼声中不屑反问："我玩物丧志又怎样？"

事后的结果当然是被叫家长并且记过，我却在看到那些平日高傲惯了的人们慌乱愤怒的时候无比高兴。

每一个孩子都有叛逆的时候，差异只在他们爆发的时间与长短。

我站在走廊外静静地等着老妈来，开玩笑，要是老爸来他肯定为了给个交代当场揍我，回家怎么揍都行，但在学校还是算了。

只是我没想到在等老妈来时遇见了林欣，本来是无比尴尬的，却在看到她手里拿着的褐色围巾时感动起来。

这种时候果然女朋友的关心最能戳中心脏，林欣看见我显然有些惊讶，连忙上来问怎么了，这时候我才发现逻辑不对，她不知道我在这那这围巾是怎么回事？

戏剧化的是门开了，江浩一脸淡定地走了出来，反手又将门关上。

我看了看他，问道林欣："给他的？"

林欣点了点头，眼神有些迟疑。

这是出轨刚好被我抓吗？自己的女朋友给情敌送爱心围巾？我突然觉得这个冬天着实很冷，但也很热。

"到底他是你男朋友还是我是啊？"我没忍住，加上刚才的怒火本就未平，语气无比冰冷。

她似乎愣了愣，没想到我会冲她发火，但林欣是个冷静的人，立马就说："不是，前些天天气冷了江浩借我围巾又被我弄脏，今天洗好了来还他。"

这种情节简直烂爆了，但我那时候已经愤怒到了极点，听了她的解释更加不爽。

"你冷不会找我借？难道青梅竹马就是这么亲密？"我能感觉到旁边一言不发的江浩神色冷了起来。

林欣抿了抿唇，语气有些轻："你很忙。"

"难道他不忙？万年第一你不知道人家很忙？他这么忙你也愿意去打扰？我不找你你就不愿意来找我？"我这才想起发小的提醒，什么要江山不要美人，这分明是美人根本不稀罕我这江山！

"你冷了他给你围巾，上次你感冒了他给你买药，每次提醒你出门记得带好吃的都是不是他？"

我不知道为什么会这么问，但总觉得有些我忽视的东西此时都渐渐清晰起来，尤其是在林欣点头之后，掉落的珠子终于被线串了起来。

我看着她，她也看着我，神色依旧冷静，对于她我实在无法爆任何一句粗话，但却因为她将我努力压制愤怒的心情引燃，最终我朝她冷冷一笑，狠狠地甩下"林欣，我真讨厌你"这句话后离开。

我朝长廊的另一端疾步而走，只留给了她一个背影。

多年后想来，这句话是我最幼稚的狠话，却是杀伤力最大的一句。

我大概永远无法体会这一幕带给林欣的难堪，也无法让她明白我为何愤怒。

当晚我找了发小去江边喝酒，他听我痛骂江浩和埋怨林欣后大笑起来，一边猛灌我酒一边说我傻瓜。

"人家林欣说的没错啊，你那几天那么忙她当然不好意思来打扰你了。我早看江浩不对劲了，那小子肯定还在惦记林欣，所以才去提醒你要多关心林欣，你倒好，说什么我女朋友很乖很强大，现在后悔了吧？"

我醉得迷糊，只听到了这半段，后面的话被夜风带走了。我半睁半眯地看着江面，似乎又看到了那个穿着白衣蓝色牛仔裤的清爽少女挽起裤角搅着水玩。

第二天我在自家屋子里醒来，知道是被发小扛了回去，先是被老妈温声安慰，然后迎接了老爹的怒吼教训，还好解释后没有被揍，估计老爹也认为四眼黑怪的行为欠揍，但我的心情仍旧好不起来。

后来的日子我完全无视了林欣，拽着发小玩去，他说我打扰了他跟冷美人的相处，我也不管，反正哥们也就这时候比较有用处，直到寒假我也没心情出去，在家写着稿子和作业，准备应付高考。

当然最让我郁闷的是我没去理林欣，她竟然也没理我！即使知道那段时间是我疏忽没有关心她，也没有资格那样说她，但就是没法主动过去道歉，无数次地想只要林欣过来说话我就道歉，可是她仍然没有。

时间在这样懊恼别扭的心情转换中飞速而逝，最后我赌气地专心写文写作业，打算将林欣这个人从脑子里彻底删除。

直到高三下学期，高考前段时间，根本不用我去刻意忘记林欣，被催稿被催卷的日子过得我头昏脑涨，最后发狠拐了发小来补习。

直到那天我生日，在图书馆补完卷子离开，在本该空无一人的校门口看到穿着蓝色连衣裙的林欣，这个似乎彻底被我遗忘的少女再次出现。

她手中拿着方形的彩盒，看了看我，说："生日快乐。"

那一刻我不知道该怎么形容自己的情绪，唯一能记得的，是窃喜。

终于是她先来找我了。

似乎我一直别扭赌气的，只是谁先妥协。

我接过她递来的盒子，笑着说了声"谢谢"，林欣抿唇一笑，清清淡淡的，像是安静在空中飞舞的蒲公英般唯美。

见她如此一笑，我贪心地想她恐怕已经不在意半年前的事了，那么道歉也不用了吧？可是后来林欣瞧了瞧我，似乎很无奈地说："姜时，跟我道歉很难吗？"

我知道我当时的神色肯定一下变得有些僵硬，她却摇了摇头，继续道:"就算你怪我,可这是我们两个人的事,你为什么总要牵扯江浩?"

搞了半天你这是怪我扯上你青梅竹马误会他啊!我心里一时又酸又怒,心说你怎么不关心我最近怎么样,却像是要我跟江浩道歉的语气?

"难道不是你跟他纠缠不清让我误会,为什么要我道歉?"

我恼怒地看着她,十分不满,拿着盒子的手紧了紧,暗想她怎么每次都挑我心情不好的时候讨论这些事。

但我这话似乎也惹怒了她,林欣少见的语气微冷。

"那你这半年丝毫不联系我又是什么意思?你可以误会我责怪我怎样都行,可是你这样又算什么?"

或许是我见惯了林欣对我乖巧言笑的模样,第一次感受到她身上的冷怒脾气也上来了,心道我今天生日你还来埋汰我,就刚才初见你送礼物时的气氛不好吗?

"我以为你明白这是分手。"

我故意吓她,也有生气愤怒,更多的是别扭或者孩子气,之所以能说出这样的话只因为我笃定林欣不会真的离开我,即使冷战了半年多,她不也是来找我了?何况当初先喜欢上我的也是她啊。

爱情这种东西,谁先动心谁就输了,而赢的那一方,总是没法明白输的心情。

我看到她惊讶并且含义不明的眼神,自故潇洒地重复了半年前的动作,手里拿着彩色盒子转身离开,耳边隐约有着她的低喃:"我以为至少我对你是特别的……"

这世上最伤自己的,就是我以为。

8

后来的日子十分平淡，高考后我顺利上了理想的大学，却完全不知道林欣的消息，发小则咬牙切齿地说江浩考上某名牌大学又占了他的第一，他却因为冷美人而放弃那名牌大学去了我考上的二流大学。

我问他这么做值得吗？

发小不屑一笑，只说我愿意。

或者真的没有什么值不值得，只有愿不愿意。

我想起林欣，顿时就慌了。

心底仍旧欺骗自己她会来找我，固执地不愿朝她走去，可是临近开学，我终于是颤抖着手拨出了她的号码。

"您拨打的号码是空号，请查对后再拨……"

空号，曾经每天拨打的号码，何时成了一无所有的空号？

最终我仍然没有勇气去她家找人，只是不断告诉自己，或许某天我不经意地回头，就能看见她站在我身后，等着我对她说一句抱歉或者好久不见。

但事实是我想多了，也将林欣想得太卑微了。

进入大学的瞬间，我想起了高一发小的玩闹，叫嚣着整蛊万年第一江浩，体育课时靠着树低头写歌词的女孩，阳光细碎地洒在她的四周，教室被绯红的夕阳霸占，少女柔和的侧脸，办公室被摔落的书，少年不屑的眼神，枝丫繁盛的树下，我转身的背影。

有些东西就是这么仓促地从我身边消失，容不得我抓住哪怕其中一点，它要的，只是我为了年少的高傲自大，一点一点地后悔。

9

林欣的婚礼我还是没去,反正我相信新郎也不愿意见到我。

只是几年后,我在发小说要是不去就毁我稿子的威胁下去了同学聚会。

我看见她笑容一如当初,蓝色的连衣裙在风中轻扬,她朝我抿唇微笑,像是美到极致的蓝色蒲公英。

"好久不见。"

当我回头,最终是听到了她的一句好久不见。

那些还在心底固执等待的东西,也在这一瞬间,化作了轻烟,缓缓消失。

作者简介:玖夜,一个梦想有天旅游和写文能够兼得的爱猫人士。